Stefan Barz

Spiel des Bösen

Vom Autor bisher bei KBV erschienen:

Schandpfahl
Nimmerwiedersehen

Stefan Barz, geboren 1975 in Köln, wuchs in Kommern auf und lebt heute in Wuppertal. In Bonn studierte er Germanistik und Philosophie und arbeitete nebenbei als freier Journalist. Nach dem Studium wurde er Lehrer und begann mit dem Schreiben fiktionaler Texte. 2011 erschien seine erste Kurzgeschichte *Klassenzimmer,* 2014 sein erster Kurzkrimi *Erbsünde,* mit dem er gleich für den Agatha-Christie-Krimipreis nominiert wurde. Einen weiteren großen Erfolg feierte Stefan Barz im Jahr 2014 mit seinem Debütroman *Schandpfahl,* für den er den *Jacques-Berndorf-Förderpreis* verliehen bekam. www.stefan-barz.de

Stefan Barz

Spiel des Bösen

KBV

Originalausgabe

www.kbv-verlag.de
E-Mail: info@kbv-verlag.de
Telefon: 0 65 93 - 998 96-0
Fax: 0 65 93 - 998 96-20
Umschlaggestaltung: Ralf Kramp
unter Verwendung von © Stadt Mechernich /
Touristik-Agentur Mechernich / Ralph Sondermann
Lektorat: Volker Maria Neumann, Köln
Druck: CPI books, Ebner & Spiegel GmbH, Ulm
Printed in Germany
ISBN 978-3-95441-461-1

»In uns vollzieht sich […]
die Selbstaufhebung der Moral.«

Friedrich Nietzsche, *Morgenröthe*

»Als sie auf dem Felde waren,
erhob sich Kain wider seinen Bruder
und schlug ihn tot.«

Genesis 4,8

Prolog

Woran ich mich am besten erinnere, wenn ich an meine Kindheit denke? An meinen Onkel Darian natürlich. Mann, war das ein Kerl! Hätte irgendjemand vorher ahnen können, dass das so ein Ende mit ihm nimmt?

Onkel Darian war so ziemlich das Gegenteil von meinem Vater. Während mein Alter schon fast kahl auf dem Kopf war, hatte mein Onkel eine Frisur wie Elvis in seinen jungen Jahren. Dabei war Darian nur vier Jahre jünger als mein Vater. Kurzum: Mein Onkel sah gut aus und war ein lebensfroher Mensch. Er wohnte auch in Blankenheim, deswegen besuchte er uns oft. Und das Tollste war: Fast jeden Samstag unternahm er etwas mit mir. Meistens Radtouren. Oder wir hingen in seinem Studio ab, und er zeigte mir seine neusten Kunstwerke.

Mein Großvater war steinreich. Damals war schon klar, dass eher mein Vater und nicht Darian die Geschäfte des Anwesens, auf dem mein Großvater lebte, übernehmen würde. Denn Darian war kein Geschäftsmann wie mein Alter. Er war ein Künstler – Komponist und Maler. Wie gut er von seiner Kunst leben konnte, konnte ich damals nicht einschätzen, ich war ja erst elf. Aber alles, was er tat, sah sehr professionell aus.

Mit anderen Worten: Onkel Darian war mein Idol. Er war wie ein großer Bruder – aber noch mehr als das: Er zeigte mir Dinge von der Welt, die mir in meinem Elternhaus verborgen blieben. Er war immer freundlich. Zu mir, zu meinen Eltern, zu anderen Menschen. Half alten Leuten über die Straße, ging manchmal für seine Nachbarin, die im Rollstuhl saß, einkaufen, fragte mich ehrlich, wie es mir gehe und wie es in der Schule laufe. Meinen Vater interessierte all das nicht.

Wie also konnte ich ahnen, was dann passierte?

Bis heute schießen immer wieder so viele Erinnerungen von Onkel Darian durch meinen Kopf.

Der nette Onkel Darian als Weihnachtsmann.

Onkel Darian, wie er mit mir Fußball spielt.

Onkel Darian am Grill im Garten meiner Eltern.

Eine Party im Haus meiner Eltern mit vielen Gästen.

Onkel Darian, der zu Silvester seine neue Freundin Sabine mitbringt. Die hübsche Sabine mit ihren langen, blonden Haaren.

Onkel Darian und Sabine, wie sie eng umschlungen zu Dreams *tanzen.*

Feuerwerk.

Die Küche, die ich mitten in der Nacht aufsuche, weil ich durstig bin.

Die Augen der toten Sabine, die mich anzustarren scheinen.

Onkel Darian, der auf Sabine sitzt, die Hände um ihren Hals geschlungen.

Onkel Darian, wie er plötzlich aufspringt, zurückweicht, die Hand an seinen Mund legt und einen unmenschlichen Schrei aus sich herauspresst.

Das Blaulicht des Polizeiautos, das vor dem Haus meiner Eltern anhält.

Onkel Darian in Handschellen.

Und immer wieder diese eine Frage …

1. Kapitel

3. Juli 2016

Der Weg hinunter zur Kakushöhle war holprig, man musste aufpassen, dass man nicht auf dem Geröll ausrutschte. Es fühlte sich falsch an, hier zu sein. Statt zu Hause bei seiner Frau zu bleiben, die ihn dringend brauchte, war er hierhergefahren – ohne zu wissen, was er hier finden würde.

Früher war er oft hier gewesen. Trotz des hellen Tageslichts glich der Ort einem dunklen Schattenreich, weil die Bäume mit einer dichten Blätterdecke den Kartsteinfelsen überdachten. Die wenigen Sonnenstrahlen, die bis hier durchdrangen, erloschen allmählich. Ein Gewitter lag in der Luft. Dunkle Wolken hatten das Gebiet bereits umzingelt, und der Wetterbericht hatte starke Sturmböen vorhergesagt. Das war wohl auch der Grund, warum das Naturschutzgebiet von Dreimühlen heute kaum Besucher anzog. Ein junges Pärchen war ihm gerade entgegengerannt. Die beiden wollten wohl vor Beginn des Unwetters wieder zu Hause sein. Nur er selbst und eine fremde Frau, die er schon seit einer Weile beobachtete, waren noch hier.

Er folgte der Frau durch den Höhleneingang. Sie waren die einzigen Besucher im Felsinneren. Er hatte sich spontan heute Nachmittag entschlossen hierherzukommen. Die Höhle war ihm ganz unvermittelt eingefallen, er hatte sie plötzlich wieder vor Augen gehabt, die Höhle mit den hohen Felsmauern, wo der unheimliche Riese Kakus einst sein Unwesen getrieben haben sollte.

Damit die Frau, die er beobachtete, ihn nicht bemerkte, spielte er den Touristen und sah sich die mächtigen Felssteine an, die ihn an das Maul eines riesigen Ungeheuers erinnerten. Uralte Naturphänomene, entstanden vor Hunderttausenden Jahren. Er schielte wieder zu der fremden Frau, die mit strammen Schritten zum Höhlenausgang ging. Dann konnte er sie nicht mehr sehen. Einen langen Moment blieb er noch in der Höhle und überlegte sich, wie es wäre, wenn er ihr nicht weiter folgte. Diese Idee wurde verdrängt von einem Blitz in seinem Kopf, einem Gedanken, der schrecklich wehtat und ihm den Verstand zu zermartern drohte. Daraufhin setzte er sich in Bewegung und folgte ihrem Weg.

Er wusste später nicht mehr, warum er sich ausgerechnet die grauhaarige, schlanke Seniorin mit dem weißen Strohhut ausgesucht hatte. Ob es ihr parfumsüßer Duft war, ihre reife Schönheit oder ihre selbstbewussten Augen, die mit Interesse alles in sich aufnahmen, was das Leben an diesem Tag zu bieten hatte. An irgendwen erinnerte sie ihn, irgendetwas faszinierte ihn an ihr. Er schätzte ihr Alter auf Ende sechzig, damit war sie fast vierzig Jahre älter als er selbst – aber was machte der Altersunterschied schon aus?

Sie war jedenfalls alt genug, um zu sterben.

Sie hatte eine sportliche Figur und bewegte sich wie jemand, der ständig in der Natur auf unebenen Pfaden unterwegs war. Vielleicht fiel sie ihm auch deswegen auf, weil sie alleine unterwegs zu sein schien. Als er sie vor dem Höhleneingang wiederfand, drehte sie sich ehrfurchtsvoll um und sah mit großen Augen auf den hohen Kartsteinfelsen. Ein kleines Lächeln zog über ihr Gesicht. Als er die Freude sah, mit der sie diese Naturschönheit aufnahm, war er den Tränen nahe. Sie ging weiter, er folgte ihr in sicherem Abstand und warf ebenfalls einen Blick auf die hohe Felswand. Um die zwanzig Meter war sie hoch, schätzte er. Vielleicht noch ein bisschen mehr. Was die Natur doch für prächtige Dinge hervorbringt, dachte er. Dachte sie das auch?

Die Unbekannte wählte den Rundweg, der oberhalb der Höhle entlangführte. Sie stieg die unebenen Treppen hinauf, ihre Schritte waren sicher, aber zwei Mal stolperte sie. Als sie fast oben angekommen war, stieg auch er den Berg hinauf. Er stolperte ebenfalls an einer Stufe und wünschte sich fast, er möge sich ein Bein brechen. Er zweifelte plötzlich daran, dass er sein Ziel erreichen wollte.

Er stellte sich vor, wer diese Frau sein mochte. Vielleicht war sie eine kinderlose Witwe, um die niemand trauern würde. Das hoffte er jedenfalls. Vielleicht war sie aber auch eine unbarmherzige Patriarchin, deren Tod sich die Verwandten herbeisehnten. Aber eigentlich erinnerte sie ihn am ehesten an eine pensionierte Lehrerin, die nach Ende ihres Berufslebens ihr Bildungsideal weiterführte, indem sie Natur, Kunst und Kultur genoss. Dennoch: Eine alte Frau passte in sein Schema.

Sie befanden sich nun oberhalb des Kartsteinfelsens. Zwischen dem Trampelpfad und dem zwanzig Meter tiefen Abgrund war ein Gelände angebracht, das verhindern sollte, dass man sich zu nah an den Rand wagte. Der Julihimmel war nun völlig verdunkelt, und der angekündigte Sturm setzte mit unsanften Böen ein. Die Frau war nur einige Meter vor ihm. Sie hatte ihn einmal kurz gesehen, als sie sich umgedreht hatte, ihn aber nicht weiter beachtet. Er überlegte, ob er ein Gespräch mit ihr beginnen sollte, um herauszufinden, wer sie war, aber ein kräftiger Windstoß änderte plötzlich alles. Der Wind blies ihren Hut vom Kopf. Der weiße Hut prallte gegen das Geländer, blieb einen Augenblick dort hängen wie ein Tennisball, der noch auf beide Seiten des Netzes hinunterfallen kann. Dann überließ sich der Hut ganz dem Wind und blieb schließlich in einer Hecke unmittelbar vor dem Abgrund hängen.

Die Frau hatte auf ihren unbedeckten Kopf gefasst und ihrem Hut erschrocken nachgesehen. Er hatte die Szene genau beobachtet und fühlte, wie sein Herz schneller schlug. Er blieb stehen und beobachtete mit großem Interesse, was die Frau nun tun würde. Würde sie es vielleicht wagen …?

Tatsächlich: Sie tat es, kletterte kurzentschlossen über die hüfthohe Absperrung und tastete sich vorsichtig über den leicht abschüssigen Boden zu den Sträuchern, die wie eine Warnung am Abgrund standen. Sie schien zu überlegen, wie sie an ihren Hut herankommen sollte.

Er sah sich um. Kein Mensch war in der Nähe, der ihr helfen konnte. Kein Mensch, der sie sehen würde. Jetzt war die Gelegenheit gekommen.

Tausend Gedanken schossen durch seinen Kopf, während er seine Schritte beschleunigte, sich elegant über das Geländer schwang und sich der Frau näherte. Sie sah ihn überrascht an, zuckte lächelnd mit den Schultern, um ihm stumm ihr Missgeschick zu erklären. Als gäbe es ein geheimes Einverständnis zwischen ihnen, streckte sie ihre Hand nach ihm aus. Er nickte, griff nach ihrem Handgelenk und stieß sie mit ganzer Kraft gegen die Rippen. Sie taumelte rückwärts die abschüssige Ebene entlang. Drei Schritte tastete sie sich nach hinten vor, versuchte das Gleichgewicht zu halten, doch dann ging der vierte Schritt ins Leere, und sie stürzte in die Tiefe, während er sein Handy zückte und ein letztes Bild von ihr machte.

2. Kapitel

3. Juli 2016

Das Gewitter war so schnell verschwunden, wie es gekommen war, aber der starke Sommerregen hatte viele mögliche Spuren schon verwischt, als Kriminalkommissar Jan Grimberg den Unfallort erreichte. Jan hatte seinen Wagen direkt an der Bundesstraße 477 abgestellt und musste nur einige Meter zu Fuß laufen – vorbei am *Café zur Kakushöhle*. Unterhalb des riesigen Höhlenfelsens lag eine Leiche. Wie üblich herrschte bereits reges Treiben am Tatort, als Jan ankam. Einige Kollegen von der Streifenpolizei waren noch da und würden gleich den Fall an die Kripo übergeben. Die Spurensicherung wurde von Experten des Kriminaltechnischen Dienstes übernommen. Drei Männer und eine Frau in weißen Anzügen untersuchten den Tatort spiralförmig. Scheinwerfer sorgten für genügend Licht, denn es war inzwischen dreiundzwanzig Uhr und stockdunkel.

Auch Kriminalhauptkommissar Jürgen Wagner, Jans Partner bei der Kripo Euskirchen, war schon da – wie immer, denn Wagners Ehrgeiz kannte keine Grenzen. Er wollte immer der Erste am Tatort sein, wollte immer derjenige sein, der die entscheidenden Details findet – ganz nebenbei lief gerade Wagners Bewerbungsverfahren für eine Beförderung zum Ersten Kriminalhauptkommissar.

»Guten Abend zusammen«, begrüßte Jan die anderen Anwesenden.

»'n Abend«, murmelten mehrere Kollegen und gingen dabei weiter ihrer Beschäftigung nach.

Jan warf einen Blick auf die Leiche, die unten am Kakushöhleneingang lag. Eine Frau um die siebzig, ihr Körper unnatürlich verdreht, der Kopf badete in einer Blutsuppe.

»Ich glaube, wir können den Fall schnell abhaken«, sagte eine nüchterne Stimme hinter Jan. Es war Wagner.

»Sie ist wohl gestürzt?«, sagte Jan lapidar. Die Todesursache war für ihn offensichtlich.

»So ist es, dafür braucht man kein Philosoph zu sein, um das zu erkennen«, antwortete Wagner.

»Aber ganz so einfach ist es doch nicht«, konterte Jan. »Lassen Sie sich von einem alten Philosophen sagen, dass Sturz nicht gleich Sturz ist. Mir fallen gerade drei Möglichkeiten ein, wie die Dame hinuntergefallen sein könnte.«

Jan war jetzt schon wieder genervt von Wagner. Anfangs war ihr Verhältnis zueinander gar nicht gut gewesen. Wagner war ein arroganter Schnösel, der sein Kind gegen einen hochrangigen Karriereposten tauschen würde. Inzwischen waren sich Jan und Wagner nähergekommen, auch wenn sie wohl nie beste Freunde werden würden. Was Jan gerade nervte, war diese Unklarheit: Er konnte nicht einschätzen, ob die Sticheleien zwischen ihnen gerade ein kollegiales Ritual waren oder ob Wagner ihn in die Enge treiben wollte. Worauf Wagner anspielte, war Jans Philosophiestudium, das er abgebrochen hatte, bevor er zur Polizei gegangen war. Dennoch befasste sich Jan hin und wieder mit der Philosophie, und manchmal eröffneten sich mit ihr Gedanken, die eine Brücke zu einem Kriminalfall bauten. Er hatte bereits Fälle mithilfe von toten Denkern gelöst, so unglaublich das klang – unglaublich auch für den alten Neidhammel Wagner.

»Ich weiß, ich weiß«, stimmte Wagner zu. »Aber glauben Sie mir: Eine Möglichkeit können wir gleich so gut wie ausschließen.«

»Selbstmord?«, vermutete Jan.

»Genau. Für eine Selbstmörderin ist sie zu untypisch gefallen. Sie liegt zu nah am Felsen. Typisch für Suizidstürze ist, dass die Toten weiter weg vom Objekt liegen, von dem sie gesprungen sind – weil sie meistens noch Anlauf nehmen.«

»Also war es ein Unfall oder Mord«, sagte Jan.

»Genau. Was halten Sie für wahrscheinlicher?«

Jan sah zum Felsen hinauf. »Ich werde mir gleich ein Bild von oben machen. Kann mir aber gut vorstellen, dass die Frau auf dem regennassen Boden ausgerutscht ist.«

Wagner hob die Hand in Oberlehrermanier. »Eigentlich müsste sie aber vom Geländer oben aufgehalten worden sein. Wenn sie ohne Fremdeinwirkung gestürzt ist, müsste sie sich schon hinter die Absperrung in die Nähe des Abgrundes begeben haben. Warum sollte sie das tun?«

»Sie wollte vielleicht ein Selfie machen – es kommen doch immer wieder Menschen ums Leben, weil sie sich vor einem Abgrund fotografieren.«

»Und wo ist ihr Handy?«, fragte Wagner.

Jan zuckte mit den Schultern.

»In ihrer Hosentasche«, antwortete Wagner. »Aber vielleicht wollte sie etwas anderes.«

»Aha?«

»Neben der Toten lag ein Hut, der ihr gehören könnte. Möglicherweise hat ein Windstoß ihn vom hübschen Kopf geweht, sie ist hinterhergeklettert und abgestürzt.«

»Möglich«, stimmte Jan zu. »Und nun zur anderen Hypothese, dass es Mord sein könnte. Ich nehme an, es liegen noch keine Zeugenaussagen vor?«

»Nein. Das Café oben am Straßenrand war bereits geschlossen, sonst hätte wahrscheinlich jemand den Sturz von dort aus bemerkt.«

»Gibt es Spuren, die auf eine Fremdeinwirkung hindeuten?«

»Soll das ein Witz sein?«, schaltete sich Horst Hammerbach vom kriminaltechnischen Dienst ein. »So wie das vorhin geschüttet und gestürmt hat, sind alle brauchbaren Spuren mit der Sintflut vernichtet worden. Wochenlang warten wir auf Regen – und dann kommt er ausgerechnet, wenn wir ihn nicht gebrauchen können.«

Hammerbach drehte sich um und widmete sich wieder seiner Arbeit.

Jan kniete sich hin und sah sich das Gesicht der Frau genauer an. Wagner hatte recht. Die Frau war hübsch, ihrem Alter entsprechend. Womöglich wartete gerade ein Mann auf sie, vielleicht auch Kinder oder Enkel.

»Vielleicht war es der Riese Kakus«, murmelte Wagner.

»Wer?«, fragte Jan.

»Ach ja, ich hatte vergessen, dass Sie nicht von hier sind«, antwortete Wagner. »Sie kennen die Sage nicht? Der Eifelriese Kakus soll hier einst gelebt haben und von jedem, der vorbeizog, dessen Hab und Gut verlangt haben.«

»Und weil diese Frau ihm ihre Geldbörse nicht geben wollte, hat er sie vom Felsen gestoßen? Diesen Verdacht dürfen Sie gerne gegenüber der Presse äußern, dann haben die ihre Sommerlochgeschichte. Wissen wir eigentlich schon, wer sie ist?«, fragte Jan.

»Hat sie uns noch nicht gesagt«, antwortete Wagner.

Jan hasste ihn manchmal für seinen Zynismus. »Hatte sie keine Papiere dabei?«

»Nein. Aber unsere Techniker nehmen sich gleich mal ihr Handy vor, darin werden sich schon Hinweise auf ihre Identität finden. Außerdem steht auf dem Parkplatz ein einsamer Skoda mit Euskirchener Nummernschild, das wir gerade checken lassen. Und im Präsidium wird schon geprüft, ob in den letzten Stunden jemand vermisst gemeldet wurde.«

Jan stand wieder aus der Hocke auf. »Ich gehe jetzt mal nach oben und sehe mir die Stelle an, von der sie runtergefallen ist. Kommen Sie mit?«

Wagner schüttelte den Kopf. »Ich war schon dort, aber gehen Sie ruhig auch hin. Ich fahre jetzt mal nach Hause, dort wartet noch Arbeit auf mich. Plumpsen Sie mir nicht auch noch runter, ich habe keine Zeit, mich um zwei Leichen zu kümmern.«

Wagner war schon auf dem Weg zu seinem Wagen, als Jan ihm hinterherrief: »Viel Glück!«

Wagner warf einen fragenden Blick zurück.

»Für die weiteren Vorbereitungen. Wann ist Ihr Bewerbungsverfahren noch gleich?«

»Ach so – am Freitag. Und Sie haben sich wirklich nicht auch beworben?«

»Nein!«, versicherte Jan. Das war wieder typisch Wagner: Das Wort Danke kannte er nicht, umso mehr interessierte er sich für die Konkurrenzsituation.

Jan stieg den Pfad zum Wanderweg hoch und befand sich kurz darauf auf dem Kopf der Höhle. Es war wirklich nur möglich hinunterzustürzen, wenn man freiwillig die Brüstung überwand und zum Abgrund lief. Das machten in der Regel nur Jugendliche als Mutprobe oder Menschen, die einen wichtigen Grund hatten, zum Abgrund zu gehen. Man sah auf den ersten Blick, dass der Weg dorthin gefährlich war. Ein verlorener Hut? War der es wert, sein Leben zu riskieren? Hatte die Frau die Gefahr einfach unterschätzt? Oder hatte doch jemand nachgeholfen? Aber wenn es Mord war: Warum riskierte der Mörder dann, sein Opfer aus nur zwanzig Metern Höhe fallen zu lassen? Die Wahrscheinlichkeit war zwar groß, dass man das nicht überlebt. Aber eine Überlebenschance bestand dennoch, und dann wäre das Opfer ein Zeuge. Dann müsste der Täter also hier am Tatort im Affekt gehandelt und sein Opfer ungeplant getötet haben. Oder er war ein Stümper, ein Amateur. Aber das Wahrscheinlichste war dennoch, dass es sich hier um einen Unfall handelte, beschloss Jan, als sein Handy klingelte.

»Herr Grimberg? Wir haben den Namen der Toten.«

* * *

Steffen Weber wohnte in einem hübschen, großzügigen Haus in Nettersheim. Als Jan mit Klaus Rosenbaum vom Krisenteam dort ankam, brannte noch Licht im Erdgeschoss.

»Ab dem Moment, wenn wir die Klingel drücken, wird in diesem Haus nichts mehr so sein wie es war«, seufzte Rosenbaum. »Ich mache diesen Job nun seit zehn Jahren. Einer muss ihn ja machen. Und es kommt mir jedes Mal vor, als läge das Schicksal von Familien in meiner Hand. Als könnte ich es noch abwenden, indem ich einfach nicht auf den Klingelknopf drücke.«

»Ich weiß«, sagte Jan. »So geht es mir auch, wenn ich Todesnachrichten überbringe.«

»Ja, aber wissen Sie, was uns da unterscheidet? Die Leute wissen, dass Sie nicht mehr machen können, als die Nachricht zu übermitteln und den Fall vielleicht noch aufzuklären. Aber von mir erwarten die Menschen, dass ich sie tröste – weil ich Pfarrer bin. Aber was in Gottes Namen soll ich den Menschen sagen? Was soll ich sagen, wenn jemand gerade das Liebste verloren hat, was er besaß?«

Jan sah ihn mit leerem Blick an.

»Also gehen wir rein«, murmelte Rosenbaum und strich sich über den Schnurrbart.

Sie stiegen bedächtig aus, schlurften zum Eingang, aber ehe sie klingeln konnten, öffnete Steffen Weber schon die Tür. Er hatte glatte, weißgraue Haare, einen Dreitagebart und trug eine Nickelbrille. Jan erinnerte er an einen alternden Chansonsänger.

»Sie kommen wegen meiner Frau, nicht wahr? Ich hatte vorhin bei Ihnen angerufen. Sie sind doch von der Polizei, oder?«

»Ja«, antwortete Jan ruhig.

»Dann hatte ich wohl recht mit meiner Vermutung«, murmelte Weber mit zittriger Stimme. »Sie ist wohl irgendwo im Wald ausgerutscht und hat sich ein Bein gebrochen. Oder in der Höhle? Da hatte sie sicher keinen Handyempfang, und es hat eine Weile gedauert, bis man sie gefunden hat? In welchem Krankenhaus kann ich sie besuchen?«

»Dürfen wir erst einmal reinkommen?«, bat Rosenbaum. Steffen Weber nickte und zeigte mit ausgestrecktem Arm den Weg Richtung Wohnzimmer.

Als sich alle drei gesetzt hatten, kam Rosenbaum gleich zur Sache. »Herr Weber, wir haben eine traurige Nachricht für Sie. Ihre Frau ist tot.«

»Möchten Sie etwas trinken?«, fragte Weber und sprang auf. Kurz darauf kam er mit einer Flasche Wasser und drei ineinander gestellten Gläsern zurück, die in seiner unruhigen Hand klapperten.

Rosenbaum seufzte und setzte erneut an: »Herr Weber, haben Sie gehört, was ich eben gesagt habe?«

Weber erschrak, sah ihn entsetzt an und sagte: »Ja, ja …« Dann drehte er sich um, ging zum Kamin, auf dem das verstaubte Hochzeitsbild stand. Er nahm es in die Hand und strich die Staubpartikel weg. Dann sah er Jan und Rosenbaum fragend an.

»Ihre Frau ist an der Kakushöhle vom Wanderweg abgekommen und in die Tiefe gestürzt. Wir vermuten, dass sie sofort tot war. Es tut mir leid«, sagte Jan.

Weber zeigte immer noch keine Regung.

Er steht unter Schock, dachte Jan, die Situation überfordert ihn. Kein Wunder.

»Wohnen Sie mit Ihrer Frau alleine hier?«, fragte Rosenbaum.

Steffen Weber nickte.

Rosenbaum stand auf, ging zu dem Mann und legte sanft die Hände auf seine Schultern. »Gibt es jemanden, den Sie anrufen können? Der jetzt bei Ihnen sein kann?«

»Ja. Mein Bruder wohnt hier in der Nähe.«

»Soll ich ihn für Sie anrufen?«, fragte Rosenbaum.

Wieder nickte Steffen Weber stumm. Er griff zu seinem Handy, suchte die Nummer seines Bruders und reichte es dem Seelsorger. Rosenbaum wählte die Nummer an, und als sich jemand meldete, zog er sich zum Telefonieren in den Flur zurück.

Jan sah den alten Mann an. Weber sah zu Jan, fühlte sich offenbar ertappt und senkte seinen Blick zu Boden.

Jan hasste diese Situationen. Aber er war hier, um seinen Job zu machen. Einen Moment zögerte Jan, dann räusperte er sich und sagte: »Herr Weber, ich weiß, dass das jetzt schwer für Sie ist. Aber können Sie mir ganz genau mitteilen, warum Ihre Frau alleine zur Höhle gefahren ist, wann Sie aufgebrochen ist und ob Ihnen irgendetwas an ihr merkwürdig vorkam?«

Weber sah Jan nur ratlos an. »Nein …«, sagte er leise.

Rosenbaum kam zurück ins Wohnzimmer. »Ihr Bruder ist schon unterwegs«, sagte er zu Weber und dann zu Jan: »Ich glaube, aus dem bekommen Sie heute nichts mehr raus. Lassen Sie ihn nun diesen Schock verarbeiten.«

Jan musste Rosenbaum recht geben. Er stand auf und sah sich im Wohnzimmer um. An den Wänden hingen abstrakte Kunstbilder, die entweder teuer oder von Vierjährigen gekritzelt worden waren. Fotos vom Ehepaar Weber konnte er hingegen nicht finden, bis auf das lieblos wirkende Hochzeitsbild, auf dem Steffen Weber einen gequälten Gesichtsausdruck machte.

Kurz darauf klingelte es. Rosenbaum ging zur Tür, dann hörte Jan, wie er mit dem Besucher ein paar Worte wechselte. Schließlich kam der Notfallseelsorger mit einem Mann zurück, der ein paar Jahre jünger aussah als Steffen Weber.

»Ihr Bruder ist da«, sagte Rosenbaum und erklärte Jan, dass sie gerade besprochen hätten, die beiden Brüder nun alleine zu lassen. In dem Moment ging Steffen Weber ins Badezimmer und schloss sich ein. Jan warf einen fragenden Blick zu Rosenbaum, doch der machte eine Geste, dass sie hier nicht mehr gebraucht würden. Er sah den Witwer offenbar nun in guten Händen.

Auf dem Weg zum Hauseingang warf Jan einen schnellen Blick durch die offene Schlafzimmertür.

Jan verließ das Haus, ohne das Gefühl zu haben, dass die Ermittlungen schon angefangen hatten. Aus dem Haus hörte er einen schrillen Schrei, der ebenso gut ein Lachen wie ein Weinen sein konnte.

3. Kapitel

4. Juli 2016

Der Wecker klingelte um sechs Uhr. Ein Tag wie jeder andere. Eigentlich. Als er auf die andere Seite des Bettes hinübersah, stellte er fest, dass seine Frau noch schlief. Er wusste nicht, wann sie eingeschlafen war.

Er war völlig übermüdet, konnte es sich aber nicht erlauben, heute nicht auf der Arbeit zu erscheinen.

Er duschte endlos lange. Dann zog er sich frische Kleidung an, öffnete die Tür seines Reihenhauses und zog die Tageszeitung aus dem Briefkasten. Schnell warf er die Tür hinter sich zu, eilte zum Küchentisch und blätterte den *Bleibach-Boten* durch. Er fand nicht, was er suchte.

Vermutlich war gestern schon Redaktionsschluss gewesen, als …

Oder sie hatten sie noch nicht …

Er schaltete sein Tablet an und suchte im Lokalteil der Online-Version des *Boten*. Dort wurde als »Eilmeldung«

in einem kurzen Bericht der Tod einer Frau erwähnt, die am Vorabend am Kakusfelsen ums Leben gekommen sei.

Es stimmte also. Da war sie nun in sein Leben gedrungen, die Nachricht vom Tod eines Menschen.

Im Bericht stand, dass sie in den Abendstunden an der Kakushöhle unter mysteriösen Umständen abgestürzt sei und die Polizei nach Zeugen suche, die mehr zum Tathergang sagen konnten. Dann schaltete er das Tablet wieder aus.

Leise ging er die Treppe hoch zum Kinderzimmer, setzte sich neben das Bettchen, und während er sein schlafendes Kind beobachtete, kullerten Tränen aus seinen Augen.

Er wusch sich noch einmal durch das Gesicht, und dann noch einmal, zog sich im Flur die Schuhe an und öffnete die Haustür, um sich auf den Weg zur Arbeit zu machen. Erst als er draußen sein Jackett überzog, bemerkte er, dass er sein Schlafanzugoberteil noch anhatte. Im Türrahmen standen die Nachbarskinder und amüsierten sich über sein Missgeschick. Er lachte gequält mit, und das Gelächter klang in seinen Ohren plötzlich wie dämonische Schreie. Sein Herz pochte viel zu schnell. Er war in einem Albtraum gefangen. Verstört floh er und sprang ins Auto.

4. Kapitel

4. Juli 2016

Wo ist dieser verdammte Obduktionsbericht?« Jürgen Wagners Stimme grollte wie ein Donnerschlag durch die Euskirchener Kreispolizeibehörde.

Jan sah zu, dass er aus der Schusslinie ging, und holte sich erst einmal bei Frauke Herberg, der Sekretärin und gutem Geist des Hauses, einen Kaffee. Sie lächelte Jan verständnisvoll an und verdrehte die Augen, als Wagner an ihrem Büro vorbeihuschte.

»Wenn der morgen sein Bewerbungsverfahren abgeschlossen hat, ist uns allen wohler«, seufzte Jan.

»Jedenfalls war es gut, ihm erst einmal aus dem Weg zu gehen. Ich sehe, du hast gelernt, mit unserem lieben Wagner umzugehen«, grinste Frauke. »Dabei dachte ich in den letzten Wochen, ihr wärt nun doch noch dicke Freunde geworden.«

»Die dicksten Freunde der Welt«, antwortete Jan. »Ich weiß gar nicht, warum er so angespannt ist. Er hat doch die besten Chancen, den Posten als Erster Kriminalhauptkommissar zu bekommen.«

Frauke zuckte mit den Schultern. »Aber er ist eben nicht der einzige Bewerber. Und für einen Oberstreber wie Wagner wäre es nicht leicht wegzustecken, wenn ihm ein anderer Bewerber den Job vor der Nase wegschnappt.«

Wagner kam herein. »Kaffeepause beendet! Wir haben zu tun«, raunzte er und deutete an, dass Jan ihm folgen solle.

Jan nahm seine Tasse und ging zu Wagners Schreibtisch. Mit einer betont lockeren Sitzhaltung auf der Tischkante versuchte Wagner, seine Anspannung zu überspielen. Er strich sich die Haare aus der Stirn und zeigte auf den Stuhl, auf dem Jan Platz nehmen sollte.

»Also: Wir dürfen uns noch weiter mit der Toten von der Kakushöhle beschäftigen.«

»Wir haben es also definitiv mit einem Mordfall zu tun?«, fragte Jan.

Wagner hob die Augenbrauen. »Aber Mühlenbach hat in seinem Obduktionsbericht Selbstmord ausgeschlossen. Sowohl die Fallrichtung als auch die Verletzungen sind für einen Suizid zu untypisch, wie schon gesagt. Wäre Frau Weber freiwillig gesprungen, hätte sie näher an der Felswand liegen müssen. Das eigentlich Besondere an der Leiche ist aber etwas anderes: Sie hat auffällige Kratzspuren am rechten Handgelenk, die möglicherweise von Fingernägeln stammen. Und Mühlenbach hat noch etwas gefunden: Am Brustkorb hat die Tote eine Prellmarke. Sie hat sich die vorderen Rippen gestoßen, obwohl sie beim Sturz auf dem Rücken gelandet ist.«

Jan schlug die Beine übereinander. »Das könnte bedeuten, dass sie jemand gegen die Rippen gestoßen hat, bevor sie runtergefallen ist …« Dann wartete er darauf, dass Wagner zum Angriff überging. Aber Wagner blieb entspannt sitzen und fragte sachlich: »Ist Ihnen gestern irgendetwas bei dem Ehemann aufgefallen?«

»Sie meinen, ob er sich als Mörder seiner Frau verdächtig gemacht hat?«

»Nein, ob er vielleicht Kindern Kaugummis klaut. Natürlich meine ich, ob irgendetwas ihn als Täter erkennen ließ.«

»Nein, wirklich nicht. Er verhielt sich geschockt, wie sich viele verhalten, wenn sie eine Todesnachricht bekommen.«

»Könnte auch gespielt sein«, sagte Wagner.

»Das hat er mir leider nicht verraten«, konterte Jan. »Worauf wollen Sie hinaus?«

»Bei Verdacht auf Mord kommen immer zunächst die nahestehenden Personen infrage. Die meisten Tötungsdelikte sind Beziehungstaten.«

»Ich weiß, Herr Wagner, ich bin auch schon eine Weile bei der Kripo.« Jans Ton wurde ungehaltener. »Also?«

»Ich habe mal die Versicherungen vom Ehepaar Weber durchtelefoniert. Und wissen Sie, worauf ich gestoßen bin? Die Lebensversicherung von Elisabeth Weber wurde vor einem halben Jahr deutlich erhöht.«

Jan trank seinen Kaffee aus. »Wie hoch?«

»Wenn sie frühzeitig stirbt, bekommt ihr Mann achtzigtausend Euro.«

Jan stieß einen Pfiff aus. »Das ist ein schönes Sümmchen.«

Wagner nickte. »Finde ich auch. Kann natürlich Zufall sein, aber wir sollten Herrn Weber doch mal auf den Zahn fühlen.«

Jan nickte. »Jetzt sofort?«

Wagner stand auf und ging zur Tür. »Nein, ich habe heute Vormittag noch etwas Wichtiges zu erledigen wegen meines Bewerbungsverfahrens. Aber nach der Mittagspause könnten wir noch mal losziehen. Wir treffen uns um halb zwei am Parkplatz.«

»Mir ist heute Nacht, als wir Weber die Todesnachricht übermittelt haben, doch noch etwas aufgefallen«, hielt Jan ihn noch zurück. »Eine Tür in seinem Haus stand offen, der Raum schien das Schlafzimmer zu sein. Ein Doppelbett, aber nur eine Betthälfte war bezogen.«

»Dann melden Sie das doch der Zeitschrift *Schöner Wohnen*, die werden sich darüber freuen«, spottete Wagner.

»Vielleicht schlafen die beiden Ehepartner in getrennten Räumen. Das könnte auf eine Ehekrise hindeuten. Und wenn man dafür mehr Indizien hätte und wir mögliche Eheprobleme der Webers mit der erhöhten Lebensversicherung und dem plötzlichen Tod von Frau Weber in Verbindung bringen …«

»Haben Sie sich auch die anderen Räume angesehen?«, fiel Wagner ihm ins Wort.

»Äh, was?«

»Haben Sie sich im Haus umgesehen, um festzustellen, ob es tatsächlich zwei getrennte Schlafzimmer gibt?«, fragte Wagner.

»Nein, nein. Ich meine … Weber stand wohl unter Schock, und ich wollte ihn nicht zu lange … belästigen.« Jan schämte sich in dem Moment selbst für seine Wortwahl und wusste, was Wagner nun antworten würde.

»Sie wollten einen möglichen Tatverdächtigen nicht zu sehr belästigen? Na, ich gratuliere mir zu diesem Partner!«, sagte Wagner süffisant. Dann verschwand er.

Jan wurde aus seinem Kripo-Kollegen nicht schlau. Am Anfang ihrer Zusammenarbeit war Wagner einfach nur ein arroganter Schnösel gewesen, der nur seine Karriere im Blick hatte und sich dafür hin und wieder auch mal mit fremden Lorbeeren schmückte. Aber Jan hatte gelernt, dass er Wagners Verhalten nicht persönlich nehmen durfte. Wenn man sich von ihm nicht einschüchtern ließ, konnte er auf einer professionellen Ebene auch mal ganz umgänglich sein – wenn er einen guten Tag hatte. Davon hatte er leider nicht viele, denn seit seiner Scheidung kämpfte Wagner ständig darum, sein Kind sehen zu dürfen.

Und immerhin verdankte Jan seinem launischen Kollegen sein Leben. Ein Einsatz etwa ein Jahr zuvor wäre beinahe tödlich für Jan geendet, wenn Wagner nicht so ein guter Schütze wäre. Leider war dieser Fall nicht für alle beteiligten Kollegen gut ausgegangen.

Plötzlich überkam Jan wieder diese Übelkeit, die er mindestens einmal in der Woche hatte. Herzrasen, Schweißausbrüche – und dieses verdammte Verlangen, etwas ändern zu wollen, das man nicht mehr ändern kann. Bis halb zwei war es noch eine Weile hin. Jan beschloss, an die frische Luft zu gehen.

* * *

Zwanzig Minuten später ging Jan durch das Friedhofstor. Auf der gegenüberliegenden Straßenseite schob eine Frau ihren Kinderwagen und warf ihm einen misstrauischen Blick zu. Hier, in dem kleinen Dorf Obergartzem, fiel man sofort auf, wenn man von außerhalb kam. Die Frau war schon einige Meter weitergelaufen und sah Jan dann noch mal nach. Er lief durch die Gräberreihen und blieb am Grabstein von Fabian Greinicke stehen. Begonien und Callas blühten auf Greinickes Grab. Seine Frau schien sehr oft frische Blumen zu bringen. Jan hoffte, dass er ihr heute nicht begegnen würde. Er faltete die Hände und senkte den Kopf. Einen Moment lang war Jan frei von allen Gedanken. Er hörte die Vögel zwitschern und spürte die warme Sommerluft auf seiner Haut – dann kamen seine Gedanken zurück.

Er dachte daran, dass sein Kollege Greinicke so einen Sommer nie wieder erleben würde und dass seine Frau lange brauchen würde, um sich am Sommer wieder erfreuen zu können. Als Kollege hatte Jan den Verstorbenen kaum gekannt, und jetzt dachte er ständig an ihn. Jan kämpfte mit den Tränen. Er wusste, dass es nicht seine Schuld war, dass Greinicke tot war. Jan hatte ihm damals nur den Auftrag gegeben, einen gefährlichen Menschen zu beschatten, und Greinicke hätte die Gefährlichkeit selbst einschätzen und auf sich aufpassen müssen. Dennoch fragte Jan sich ständig, wenn auch nicht mehr jeden Tag wie am Anfang, ob das Drama nicht hätte verhindert werden können, wenn Jan nicht den Wunsch geäußert hätte, dass man diesen Menschen beobachten solle. Ob es nicht auch ohne Beschattung gegangen wäre.

Die Kirchturmuhr schlug zwölf.

Jan beschloss, den vergangenen Fall für heute abzuschließen. Greinickes Tod konnte er nicht mehr rückgängig machen. Aber er konnte einen neuen Fall aufklären und – wenn es wirklich Mord war – für Gerechtigkeit sorgen. Er fuhr zurück zur Kreispolizeibehörde.

* * *

Pfarrer Michael Swoboda säuberte gerade in der Sakristei die liturgischen Geräte, als er hörte, wie die Kirchentür zuknallte. Das musste ein Kirchentourist oder jemand sein, der reden wollte. Beides war hier in der Sankt-Martin-Kirche in Euskirchen äußerst selten. Zwar war die Sonntagsmesse einigermaßen gut besucht. Aber die persönliche Seelsorge nahmen nur wenige Menschen in Anspruch. Und Touristen, die sich Kirchengebäude von innen ansahen, waren in Euskirchen auch nicht gerade häufig anzutreffen. Heute war also ein besonderer Tag.

Pfarrer Swoboda ging in den Kirchenraum. Er konnte niemanden sehen. Also steuerte er den Beichtstuhl an, setzte sich auf seinen Platz und sagte: »Was möchten Sie mir sagen?«

Eine männliche Stimme räusperte sich, dann stotterte sie:

»Im … im N-N-Namen des V-V-Vaters und des Sohnes und des … des heiligen Geistes …«

Ein erfahrener Katholik, dachte Swoboda und sagte seinen Text auf: »Gott, der unser Herz erleuchtet, schenke dir wahre Erkenntnis deiner Sünden und seiner Barmherzigkeit.«

Der Mann im Beichtstuhl atmete mehrmals tief und langsam ein und aus, dann antwortete er: »Amen.«

Der Mann flüsterte, als hätte er Angst, gehört oder entdeckt zu werden.

Eine gefühlte Ewigkeit verging, ohne dass der Fremde weitersprach. Swoboda kannte diese Situationen gut. Es fiel den Menschen schwer, ihre Schuld vor sich selbst und vor Gott einzugestehen – und vor einem Priester. Vermutlich, weil sich nicht wenige durch die Beichte bevormundet fühlten, wie Kinder, die sich bei einem Lehrer selbst verpetzen. Deshalb versuchte Swoboda den Gemeindemitgliedern zu vermitteln, dass es eigentlich darum gehe, sich selbst zu befreien und unbeschwerter weiterleben zu können.

»Mein Bruder, was möchten Sie bekennen?«

Wieder atmete der Mann im Beichtstuhl schwer. »Ich habe schwer gesündigt, Vater.«

Der Mann im Beichtstuhl presste jedes Wort heraus, als würde das Sprechen ungeheure Schmerzen bereiten. Swoboda gab ihm viel Zeit zu antworten.

Schließlich sagte der Mann: »Vater?«

»Ja?«

»Wird Gott mich für meine Sünden richten?«

»Ich kann nicht für Gott sprechen. In der Bibel steht, dass wir alle vor Gericht kommen werden. Aber in der Heiligen Schrift steht auch, dass wir alle auf Gottes Gnade hoffen dürfen.«

»Das ist gut, das ist gut«, flüsterte der Mann.

Swoboda fuhr fort: »Aber es ist wichtig, dass ...«

»Ich habe nämlich einen Menschen umgebracht!«, platzte es aus dem Mann im Beichtstuhl plötzlich heraus.

Oh mein Gott, dachte Swoboda. Das hatte er in seiner ganzen Priesterlaufbahn noch nicht erlebt. Für Ehebrecher, Lügner, Betrüger oder Häretiker hatte er immer die richtigen Worte parat. Aber für einen Mörder? Er zweifelte keine Sekunde daran, dass der Mann die Wahrheit sagte. Die Stimme des Fremden war voller Verzweiflung.

Was sollte er dem Mann sagen? Was erwartete er jetzt von ihm? Swoboda faltete die Hände und bat Gott, ihm beizustehen.

»Haben Sie gehört, was ich gesagt habe, Pater?«, flüsterte der Mann voller Verzweiflung. »Ich habe einen Menschen getötet.«

Swoboda seufzte. »Es ist ein großer Schritt, dass Sie Ihre Schuld …«

»Es ist nicht meine Schuld!«, fauchte der Mann mit weinerlicher Stimme.

»War es ein Unfall?«, fragte Swoboda.

»Nein!«

»War es Notwehr?«

»Nein! Was soll ich denn jetzt machen?«

Eigentlich gab es nur eine Antwort, die Swoboda darauf geben konnte. »Sie müssen sich der Polizei stellen.«

»Sagen Sie mir, wie ich so weiterleben soll, Vater!«

»Bekennen Sie Ihre Sünde vor Gott. Und wenn Sie sich stellen und Ihre Strafe auf sich nehmen, werden Sie sehen …«

Swoboda hörte Schritte.

Schnell warf er einen Blick aus dem Beichtstuhl, aber alles, was er sehen konnte, war die Kirchentür, die mit einem lauten Schlag zufiel.

* * *

»Wollen Sie oder soll ich?«, fragte Wagner, als er mit Jan aus dem Dienstwagen stieg.

»Die Frage ist doch wohl rhetorisch gemeint, oder?«, antwortete Jan.

Wagner lächelte mit dem Gesichtsausdruck eines Kämpfers, der in den Ring steigt und sich seines Sieges sicher ist. Zu Recht. Jan wusste, dass Wagner einfach gut darin war, Verdächtige an die Wand zu nageln.

In der Nacht, als Jan mit dem Notfallseelsorger hier gewesen war, hatte Webers Haus keinen besonderen Eindruck hinterlassen. Jetzt, wo es im hellen Sonnenschein glänzte, wirkte es auf ihn ganz anders. Das Haus von Steffen Weber fiel in dem kleinen Örtchen Nettersheim sofort auf: Mit weißen Rahmen waren die Fenster kreuzförmig unterteilt, die vordere Fassade hatte im ersten Stock eine Gaube, und ein riesiges Dach thronte auf dem Haus. Es war keine Villa, aber ein Schmuckstück.

War dies das Haus eines Mörders?

Sie klingelten und warteten vergeblich, dass jemand die Tür öffnete. Als Jan gerade zum zweiten Mal auf die Klingel drücken wollte, sah er, dass Weber am Gartentor stand und ihnen zuwinkte. Er trug Shorts, Sandalen ohne Socken und ein offenes Hawaiihemd. In der Hand hielt er eine Gartenschere.

»Wie kann ich Ihnen weiterhelfen?«, fragte er freundlich.

»Grimberg von der Kripo«, sagte Jan. »Ähm, wir haben uns gestern schon kennengelernt.«

Weber sah ihn fragend an. »Ja sicher«, sagte er dann, aber Jan wusste nicht, ob er ihn wirklich wiedererkannte.

»Das ist mein Kollege Herr Wagner.«

Weber nickte ihm zu.

»Entschuldigen Sie, wenn wir stören, aber wir haben noch ein paar Fragen an Sie. Danach können Sie die Gartenarbeit gerne fortsetzen«, übernahm Wagner.

»Natürlich, kommen Sie rein«, sagte Weber und öffnete das Gartentor. Dann lotste er sie zur Terrasse.

»Das lenkt mich ein wenig ab«, sagte Weber und hob die Gartenschere.

»Sicher«, sagte Wagner. »Wären Sie so nett, die Schere hinzulegen?«

Weber sah Wagner stumm an und befolgte langsam dessen Anweisung. »Was möchten Sie denn noch von mir wissen?«, fragte er dann.

»Würde es Ihnen etwas ausmachen, wenn wir ins Haus gehen?«, fragte Wagner.

»Bei dem schönen Wetter?«, konterte Weber.

»Wenn wir reingehen, könnten Sie uns gleich ein wenig durch Ihr Haus führen«, erklärte Wagner.

»Wie bitte?« Weber war sichtlich empört. »Wollen Sie mein Haus durchsuchen? Was bitte hat das mit dem Tod meiner Frau zu tun? Glauben Sie etwa …? Haben Sie überhaupt einen Durchsuchungsbefehl?«

Jetzt schaltete sich Jan beschwichtigend ein. »Herr Weber, es geht einfach darum, dass wir nach Hinweisen suchen wollen, die zum Tod Ihrer Frau geführt haben könnten. Wir können nämlich leider nicht ausschließen, dass es kein Unfall war, sondern dass Ihre Frau vielleicht – vielleicht von einem Unbekannten hinuntergestoßen wurde.«

Weber öffnete den Mund, aber ihm fehlten offenbar die Worte.

Jan fuhr fort: »Und wenn der Anfangsverdacht besteht, dass jemand keines natürlichen Todes gestorben ist, gehört es zu unseren Aufgaben, uns das Umfeld des Verstorbenen genauer anzusehen – auch das Wohnumfeld. Jedes Detail in Ihrem Haus könnte uns wertvolle Hinweise geben, was es mit dem Tod Ihrer Frau auf sich hat. Sie sind doch sicherlich auch daran interessiert, dass die genauen Umstände des Todes untersucht werden, nicht wahr?«

Weber nickte. »Ja, natürlich. Folgen Sie mir.« Er öffnete die Terrassentür und ging voran.

Das Wohnzimmer war immer noch aufgeräumt, hier schien es keine besonderen Veränderungen zu geben. Das Interesse der Ermittler wuchs, als Weber ihnen das Schlafzimmer im Erdgeschoss zeigte. Jan hatte sich nicht geirrt: Hier stand ein Doppelbett, aber nur eine Seite war bezogen, die andere Hälfte wirkte unbenutzt.

»Wer schläft hier?«, fragte Wagner.

»Das hier war das Schlafzimmer von Elisabeth«, sagte Weber bedrückt.

»Und Sie?«, fragte Jan.

»Ich habe oben im anderen Schlafzimmer geschlafen.«

»Darf ich fragen, warum Sie zwei getrennte Schlafzimmer hatten?«, bohrte Jan freundlich nach.

»Das hat sich vor einigen Jahren einfach so ergeben. Damals hat Elisabeth sehr geschnarcht und hat es aus Rücksicht auf mich, der ich regelmäßig um meinen halben Schlaf gebracht wurde, vorgezogen, sich ein eigenes

Schlafzimmer einzurichten. Und dann haben wir beide gemerkt, dass wir besser schlafen, wenn jeder seinen eigenen Raum hat.«

Jan fiel auf, dass man Weber nicht anmerkte, dass seine Frau gerade erst gestorben war. Er sprach über sie, als wäre sie schon vor Jahren verstorben.

»Herr Weber, da wäre noch eine Frage, die uns interessiert«, leitete Wagner ein. »Bei der Suche nach den Todesumständen mussten wir auch mit Ihren Versicherungen telefonieren. Und dabei haben wir erfahren, dass die Summe der Lebensversicherung von Ihrer Frau vor einigen Monaten deutlich hochgesetzt wurde. Wieso?«

Weber sah Wagner irritiert an. »Wieso fragen Sie mich das?«

»Hätte ich besser nicht fragen sollen?«, entgegnete Wagner.

»Dann ist Ihnen sicher auch nicht entgangen, dass meine eigene Lebensversicherung auch hochgesetzt wurde«, erklärte Weber.

Jan blickte zu Wagner und sah seinem Kollegen an, dass ihm das offenbar tatsächlich entgangen war.

»Wissen Sie: In unserem Alter beginnt man, sich Gedanken darüber zu machen, was man hinterlässt, wenn man stirbt«, erklärte Weber. »Elisabeth und ich hatten das Gefühl, dass wir ein größeres finanzielles Polster gebrauchen könnten. Wir wollten, dass der jeweils andere gut versorgt ist, wenn der Erste von uns stirbt. Der andere hat ja dann vielleicht noch einige Jahre vor sich, wird womöglich irgendwann zum Pflegefall. Fürs Alter braucht man eben viel Geld. Und in erster Linie ging es mir darum, dass Elisabeth gut versorgt ist, wenn ich als Erster gehen muss. Aber zur Sicherheit haben wir dann für beide die Lebensversicherungssumme erhöht.«

Weber wirkte immer noch sehr sachlich und nüchtern. Da war keine Spur von Trauer.

»Hatten Sie eine glückliche Ehe?«, fragte Wagner.

»Was?«

»Hatten Sie eine glückliche Ehe?«, wiederholte Wagner.

»Ich wüsste nicht, was Sie das angeht, Herr Wagner«, fauchte der alte Mann. »Wie können Sie nur so taktlos sein? Sehen Sie denn nicht, dass ich mich in der Trauerphase befinde?«

»Mit Verlaub: Das sehe ich wirklich nicht«, sagte Wagner frech. »Ich meine ja nur, weil einige Ihrer Bekannten erzählt haben, dass Sie und Ihre Frau sich nicht mehr viel zu sagen hatten. Einer sagte sogar, Sie hätten sich schon kurz nach Ihrer Hochzeit vor vierzig Jahren auseinandergelebt.«

Jan sah Wagner genauso fassungslos an, wie Weber das tat. Das war wieder typisch für Wagner: dass er Recherchen betrieb, ohne sie mit ihm abzusprechen, in Vernehmungen dann irgendwann eine Bombe platzen ließ und keinerlei Rücksicht auf die Gefühle seiner Kontrahenten nahm. Auch jetzt nicht, als er sagte: »Na, dann wollen wir Sie erst mal mit Ihrer Trauer alleine lassen, Herr Weber. Wir kommen dann in den nächsten Tagen noch mal vorbei. Einen schönen Tag.«

* * *

»Papa, wie lautet das neunte Gebot?«

Markus Albrecht sah von seinen Büchern auf. Er bereitete gerade eine der letzten Geschichtsstunden vor den Ferien vor. »Du sollst … du sollst nicht … du sollst nicht stehlen?«, riet er und sah seine Tochter fragend an.

Lena saß im Schneidersitz auf dem Sofa und sah angestrengt aus. »Mensch, Papa, das ist doch das siebte Gebot!«

»Nicht töten?«

Lena verdrehte die Augen. »Das ist das fünfte Gebot. Warum steht das überhaupt in den zehn Geboten? Das weiß doch jeder, dass man nicht töten darf.«

Albrecht war stolz darauf, dass seine Tochter so viel wissen wollte. Im Moment war er allerdings überfragt. Er hatte sich zuletzt in der eigenen Schulzeit mit Religion beschäftigt, hatte das Fach aber auch, wenn er sich recht erinnerte, zu Beginn der Oberstufe abgewählt. Er war überrascht, dass ihm überhaupt noch zwei Gebote eingefallen waren.

»Warum fragst du überhaupt danach?«, lenkte er ab.

»Wir müssen sie für morgen lernen. Hast du eigentlich schon mal gelogen?«

»Jeder lügt manchmal, Lena. Wir sollten jedoch versuchen, es zu vermeiden. Aber vielleicht ist es manchmal sogar besser zu lügen, als die Wahrheit zu sagen. Als ich so alt war wie du, schlich sich meine Schwester Ida eines Tages aus dem Haus, um einer Freundin bei der Vorbereitung einer Klassenarbeit zu helfen. Ida hatte an diesem Tag Stubenarrest, weil sie am Abend vorher, als unsere Eltern ausgegangen waren, heimlich einen Gruselfilm im Fernsehen angeschaut hatte und meine Eltern sie erwischten, als sie nach Hause kamen. Meine Schwester hatte unsere Eltern an diesem Tag gefragt, ob sie ihrer Freundin helfen dürfte, aber die Eltern blieben hart und schickten sie ins Zimmer. Ich hatte mitbekommen, wie Ida das Haus leise verließ, und als meine Mutter, die in der Küche beschäftigt war, mich bat, einmal nachzusehen, ob Ida noch in ihrem Zimmer sei, bejahte ich, um Ida den Ärger zu ersparen – und weil ich der Meinung war, dass Ida etwas Gutes tat. Deswegen war die Lüge in diesem Fall doch gar nicht so schlimm, nicht wahr?«

»Und hast du auch schon jemanden umgebracht?«

Markus Albrecht guckte betont entsetzt. »Wo denkst du hin, Kleine?«

Er hörte Schritte die Kellertreppe hochstapfen. Der Mann von den Stadtwerken war wohl fertig mit dem Ablesen.

»Also, Papa: Wie lautet denn jetzt das neunte Gebot?«

»Du sollst nicht begehren deines Nächsten Haus«, sagte eine fremde Männerstimme. Der Mann von den Stadtwerken stand vor der Wohnzimmertür.

»Stimmt.« Jetzt fiel es Markus Albrecht auch wieder ein. »Danke.«

»Keine Ursache«, sagte der Mann. »Ich wäre dann so weit. Wenn Sie hier noch unterschreiben würden.« Er hielt Albrecht ein Formular hin.

Markus Albrecht stand auf und unterzeichnete. »Das ging ja schnell«, murmelte er.

»Ich habe ja auch noch einige Haushalte abzuarbeiten heute. Am besten merken Sie sich, wann wir den Zählerstand abgelesen haben und dass wir erst im nächsten

Sommer wieder dran sind. Gerade sind wieder einige Betrüger unterwegs, die sich Zutritt verschaffen wollen«, warnte ihn der Mann von den Stadtwerken.

Markus Albrecht lächelte. »Danke für den Hinweis. Aber im Keller habe ich nichts zu verbergen. Und Ihnen kann ich ja vertrauen. Sie sehen viel zu harmlos aus, um ein Betrüger zu sein.« Albrecht lachte.

Der Mann von den Stadtwerken lachte mit. Dann wünschte er noch einen schönen Tag und ging zu seinem Van.

* * *

Der Mann fuhr mit dem Van der Stadtwerke auf den Eingangshof der prächtigen Villa. Er stieg aus, nahm seine Arbeitstasche in die Hand und sprang leichten Schrittes die Stufen zum Eingang hoch. Dort gab er den Türcode ein und wartete auf das Signal, dass die Tür sich öffnete. Er trat ein, legte seine Tasche neben die Garderobe, zog sich die Schuhe aus und lief zum Badezimmer. Er entledigte sich seiner Arbeitskleidung und ließ Badewasser in die Wanne laufen. Eigentlich war es heute viel zu heiß zum baden. Er hätte besser duschen sollen, aber er verspürte ein großes Verlangen nach einem Whirlpool-Bad. Nach getaner Arbeit wollte er sich mal eine Wassermassage gönnen. Das hieß: wenn man das überhaupt Arbeit nennen konnte. Nackt betrachtete er sich im Spiegel, der mit einem verzierten Goldrahmen versehen war. Wen sah er darin? Wen sahen die anderen? Er dachte an den Mann, bei dem er vorhin den Zählerstand abgelesen hatte.

Stimmte es, was der Mann gesagt hatte? Sah er wirklich zu harmlos aus?

Er lief aus dem Bad und ging in die Eingangshalle, wo oben an der hohen Wand sein alter Herr von einem Gemälde auf ihn herabblickte. Ludwig, sein Herr Papa.

»Was sagst du, Alter?«, raunte er das Bild an. »Findest du, dass ich harmlos aussehe? Ich denke ja. Das glaubst du doch auch, oder? Das hast du doch immer geglaubt, dass dein kleiner Sohnemann harmlos ist. Ein harmloser Spinner, ein harmloser, schwacher Junge, der nichts zustande bringen wird, weil ihn keiner ernst nimmt, hä? Dein kleiner Junge sieht harmlos aus? Dein Sohn, der etwas ganz Großes vorhat?«

Dann rannte er zurück ins Marmorbadezimmer, stützte sich mit den Händen wie beim Bockspringen am Wannenrand ab und sprang ins Badewasser. Er stöhnte genüsslich auf und lachte.

5. Kapitel

5. Juli 2016

Über den vermeintlichen Mord an der Kakushöhle stand an diesem Morgen nichts mehr in der Zeitung. Vielleicht ging die Polizei von einem Unfall aus. Das wäre sehr günstig. Zumindest hatte die Presse schon das Interesse an diesem Fall verloren. Wie lange würde es dauern, bis er selbst diesen Mord ad acta legen konnte? Ein paar Wochen? Ein Jahr? Oder würde ihn seine Tat für immer begleiten?

Er ging aus dem Haus und lief drei Straßen weiter zum Bäcker, um frische Brötchen zu kaufen. In der Schlange hörte er, wie eine ältere Frau mit der Bäckereiverkäuferin sprach.

»So schnell ist es passiert«, sagte die ältere Frau, und die Verkäuferin stimmte ihr zu.

Nervös lauschte er dem Gespräch.

»Man sollte wohl jeden Moment genießen, man weiß ja nie, wann es zu Ende ist«, fuhr sie fort.

»Jaja«, kommentierte die Verkäuferin die Gedanken ihrer Kundin.

»Ich kann es ja immer noch nicht glauben«, erwiderte die Dame, die ihre Brötchentüte längst in der Hand hielt und sich nicht darum kümmerte, dass drei weitere Kunden hinter ihr standen.

»Geht es jetzt bald mal weiter hier?«, fauchte er plötzlich.

Irritiert sah ihn die Dame an, dann verließ sie das Geschäft, indem sie ihm noch einen missmutigen Blick zuwarf. Auch die anderen Menschen im Laden sahen ihn grimmig an. Er rannte aus dem Geschäft, ohne etwas gekauft zu haben.

* * *

Die Sommerhitze traf ihn wie ein Schlag, als er aus dem Keller wieder ins Erdgeschoss kam. Er war ein wenig nervös. Heute würde ein wichtiger Tag für ihn werden. Es würde sich zeigen, ob sein Plan ein weiteres Mal aufgehen würde.

Wenn er aufgeregt war, half ihm Musik. Er eilte ins Wohnzimmer, schaltete die Stereoanlage ein und griff ziellos ins CD-Regal. *Time Banditos.* War das Zufall? Aber warum nicht? Er legte sie ein und lauschte dem geradlinigen Gitarrenriff, mit dem Darian den ersten Song eröffnete. Er schloss die Augen und bewegte sich rhythmisch zur Musik. Es dauerte nur wenige Sekunden, bis er die ganze Welt um sich herum ausgeblendet hatte. Er war eins mit der Musik. Er spürte die rockigen Klänge in den Beinen, er fühlte die Gegenwart von Darian. Er konnte ihn sehen, er konnte ihn riechen, er konnte seine Aura spüren. Wie ein leichter Nebel stieg plötzlich die Erinnerung daran auf, dass er einmal nach einem Streit mit seinem Vater weggelaufen war. Der hatte ihn mit in die Fabrik nehmen wollen, aber er interessierte sich nicht die Bohne für die Produkte seines Vaters. Sein alter Herr war wütend geworden. »Du wirst dich irgendwann mal entscheiden müssen, ob du am Fließband arbeiten willst oder die Firma leiten«, hatte sein Vater ihn angebrüllt. Und dann hatte er hinzugefügt: »Hätte ich doch bloß noch einen zweiten Sohn, der meines Namens würdig ist.«

Er hatte seinen Vater einfach stehen lassen und war zu Onkel Darian gerannt. Darian hatte ihn reingelassen und gar nicht gefragt, was los war. Das war auch nicht nötig gewesen, denn Darian musste ihn nur ansehen und ahnte dann, was in ihm vorging, vor allem dann, wenn es Konflikte mit seinem Vater gab. Sie hatten sich ins Wohnzimmer gesetzt, Darian war gerade dabei, einen neuen Song zu schreiben und fragte ihn, was er von den Akkorden halte, die er spielte. Er hatte sich die Harmonien eine Weile angehört und dann vorgeschlagen, den ersten Akkord in Moll umzubauen. Darian probierte es aus und übernahm die Idee. »Vielleicht haben wir beide geraden einen Welthit komponiert«, sagte Darian und zwinkerte ihm zu.

Jetzt fragte er sich, ob wirklich ein großer Hit daraus geworden wäre, wenn nicht alles anders gekommen wäre.

* * *

Anita Winkelmann genoss das sanfte Plätschern des Wassers, wenn eine leichte Brise über den Zülpicher See glitt. Wie friedlich hier doch alles war. Sie band ihre schulterlangen Haare zu einem Zopf zusammen und setzte sich ihre Sonnenbrille auf. Was für ein herrlicher Morgen, dachte sie und hob ein Stöckchen auf, das Romba sofort fixierte. Die Labrador-Hündin spitzte die Ohren und begab sich in Jagdstellung. Dann warf ihr Frauchen den Stock ins Wasser. Romba sprang voller Lebensfreude hinterher, schwamm mit den Stock zurück und wedelte erwartungsvoll. Anita Winkelmann lachte und freute sich mit ihrem Hund.

Sie wiederholte das Spiel noch drei Mal. Es war ihr gleichgültig, dass mehrere Schilder am See darauf hinwiesen, dass Hunde an der Leine geführt werden sollten. Regeln seien dazu da, gebrochen zu werden, sagte sie sich immer. Wieso sollte sie ihrem Hund die Spielfreude vermiesen? Und hier, am Feldweg hinter Lövenich, störte es doch niemanden, dass sich Romba im Wasser austobte. Die Badegäste waren zu dieser Uhrzeit noch nicht da, und außerdem lag der Badestrand auf der anderen Seite des Sees, gut einen Kilometer weit entfernt von der Stelle, an der ihr Hund im Wasser schwamm.

Diesmal warf sie den Stock ein bisschen zu kräftig, so dass sich Romba weit vom Ufer entfernen musste. Aber sie war erst drei Jahre alt, strotzte vor Kraft und war eine gute Schwimmerin. Stolz feuerte Anita ihre Labrador-Hündin an und sah ihr zu, wie sie ehrgeizig auf den Stock zuschwamm. Währenddessen genoss sie das gleichmäßige Geräusch von Wind und Wasser.

Dabei hörte Anita nicht, wie sich jemand hinter ihr näherte. Sie spürte nur, wie sich ruckartig ein Ellenbogen um ihren Hals klemmte und sie im Schwitzkasten nach vorne gezogen wurde. Sie war in diesem Moment viel zu irritiert, um zu verstehen, was hier gerade geschah. Ein paar Schritte taumelte sie nach vorne, dann spürte sie das Wasser an ihren Füßen. Als sie versuchte, sich umzudrehen und einen Blick auf den Menschen zu werfen, der sie in seiner Gewalt hatte, wurde ihr Kopf unsanft nach unten gedrückt. Sie konnte nur auf ihre Beine sehen, die immer tiefer im Wasser versanken. Mit der linken Hand versuchte sie, auf ihren Gegner einzuschlagen, aber sie merkte schnell, dass es zwecklos war. Die Schläge gingen ins Leere, der Angreifer war ihr körperlich weit überlegen. Er hatte offenbar sehr kräftige Arme, gegen die ihr zierlicher, schlanker Körper keine Chance hatte. Der Mann zog sie weiter in den See. Nun stand sie schon bis zur Brust im Wasser. Ihr Kopf wurde an die Wasseroberfläche gedrückt. Als sie das erste Mal untergetaucht wurde, schluckte sie schon viel zu viel Wasser. Ihr Hals brannte, sie wollte husten und konnte es nicht. Für einen kurzen Moment verlor der Angreifer den Halt an ihrem Kopf, so dass sie wieder auftauchen, Luft holen und endlich husten konnte. Sie dachte daran, um Hilfe zu schreien, doch war sie sich darüber im Klaren, dass man sie an dieser einsamen Stelle nicht so schnell hören oder sehen würde – zumal das Seeufer, von dem aus sie ins Wasser gezerrt worden war, hinter einem Gebüsch lag und vom Fußweg nicht eingesehen werden konnte. Die starke Hand tauchte ihren Kopf wieder unter. Sie bewegte ihren ganzen Körper, um sich irgendwie zu wehren, merkte aber schnell, wie ihr die Kraft ausging. Die Augen, die sie instinktiv geschlossen hatte, öffnete sie nun. Zuerst sah sie nur das trübe Seewasser.

Aber dann näherten sich schemenhaft Gestalten, die sie noch nie gesehen hatte. Sie waren wunderschön, auch wenn sie nur verschwommene Körper wahrnahm. Sie griffen sanft nach ihr und forderten sie auf, ihnen zu folgen. Dort unten in der Tiefe sei es wunderschön, versprachen die Gestalten. Und während ihr Körper noch ein letztes Mal zuckte, hatte Anita Winkelmann ihn schon losgelassen und war bereit, in die neue Welt aufzubrechen. Wie friedlich hier doch alles war.

* * *

Als es zu Ende war, ging er noch eine ganze Weile am See spazieren. Er hoffte, dass die sanften Wellen ihn beruhigen würden, aber er konnte dem Wasser nichts Friedliches abgewinnen. Also lief er weiter, immer darauf bedacht, nicht entdeckt zu werden. Der Zülpicher See, in dem er vor kurzer Zeit noch in der Sommerhitze gebadet hatte, ekelte ihn an. Die laue Sommerluft ekelte ihn an, die ganze Eifelidylle ekelte ihn an.

Irgendwann einmal, als etwa zehnjähriger Junge, hatte er mit seinen Freunden Cowboy gespielt. Sie waren mit Spielzeugrevolvern bewaffnet gewesen, hatten sich in zwei Gruppen aufgeteilt und sich vorgestellt, dass die bösen Cowboys die Guten überfallen wollten. Beide

Gruppen hatten sich in den Wald zurückgezogen. Er war bei den Halunken, und nach einer Weile machten sie sich auf, die harmlosen Cowboys zu suchen. Sie fanden sie, als diese sich gerade ein Lager einrichteten. Die bösen Cowboys stürmten aus den Büschen und eröffneten sofort das Feuer, es gab eine wilde Schießerei, und wer nicht schnell genug seine Pistole zückte, musste sich zu Boden fallen lassen und totstellen. Er hatte gleich zwei Cowboys hintereinander erwischt, und als seine Freunde vorspielten, getroffen zu sein, hatte er sich gefragt, wie es wohl wäre, wirklich einen Menschen zu töten. Es war im Spiel so einfach, mit einer Waffe auf einen zu zielen und abzudrücken – und so bedeutungslos. Wie wäre es wohl im echten Leben? Würde es einen Menschen verändern? Würde man irgendetwas dabei spüren? Und wenn ja: Würde es sich gut oder schlecht anfühlen?

Diese Frage hatte er sich noch einige Male als Kind gestellt, aber dann war sie in der Bedeutungslosigkeit versunken. Und jetzt hatte er es getan. Und? Wie fühlte es sich an?

Er konnte es nicht genau sagen. Er fühlte sich nicht stark. Er empfand keine Schuld. Sein Kopf war einfach leer.

Natürlich machte es einen Unterschied, ob man nur den Abzug einer Schusswaffe drückte oder ob man einen Menschen mit aller Kraft unter Wasser drückte und einen minutenlangen Todeskampf beobachtete. Sie war ihm von vornherein unterlegen gewesen. Als er sie gepackt hatte, hatte er nicht gezögert. Er hatte es einfach mit tiefster Entschlossenheit durchgezogen. Schließlich wusste er, was auf dem Spiel stand.

Als er sich nun weit genug von der Stelle entfernt hatte, an der ihre Leiche untergegangen war, folgte er einem plötzlichen Verlangen, seine Kleider abzulegen und nackt in den See zu steigen. Als er hüfttief im Baggersee stand, rieb er seine Haut mit Wasser ein, tauchte einmal tief unter, und als er mit dem Kopf wieder auftauchte, strich er sich mit beiden Hände durch die nassen, schütteren Haare, blickte in den leeren Himmel und beschloss, dass es höchste Zeit war, von hier zu verschwinden.

Er stieg aus dem Wasser, zog sich an und entfernte sich so schnell wie möglich vom Tatort.

* * *

»Bist du eigentlich glücklich verheiratet?«, fragte Jan, und Frauke musste laut lachen.

»Wolltest du deswegen mit mir in der Kantine essen, um mich abzuwerben, du alter Romantiker?«

Das wäre Jan nie in den Sinn gekommen. Frauke war ein paar Jahre älter als er, wie alt genau, wusste er gar nicht, aber er schätzte sie auf Ende dreißig. Er würde es nie wagen, sich an eine verheiratete Frau ranzumachen, auch wenn er das Singleleben satthatte. Seit zwei Jahren hatte er mit keiner Frau mehr geschlafen. Das war eine lange Zeit. Aber Frauke war für ihn so etwas wie eine beste Freundin, obwohl sie sich außerhalb der Arbeit nicht trafen. Aber auf der Arbeit tat sie ihm gut wie kein anderer Mensch. Als Sekretärin war sie überaus kompetent, erledigte jeden Auftrag mit Eifer und war ein Ass im Recherchieren. Vor allem aber war sie der gute Geist in der Kreispolizeibehörde. Mit ihrer Gelassenheit und Herzlichkeit war die Atmosphäre immer angenehm, sobald sie in der Nähe war.

Jan stocherte in seinem Nudelsalat. »Ich stelle die Frage noch mal anders: Was macht für dich eine glückliche Ehe aus?«

Frauke überlegte nicht lange. »An erster Stelle steht für mich der Respekt vor dem anderen. Man kann sich ja durchaus mal streiten oder nerven, aber auch wenn man dem Partner mal die Meinung sagt, sollte man im Tonfall nie die Achtung vor ihm verlieren. Ein paar gemeinsame Interessen wären auch nicht schlecht. Und man sollte bereit sein, mit den Veränderungen des Partners zu wachsen, weißt du, was ich meine?«

»Glaube schon.«

»Man sollte eben nicht die Erwartung haben, den anderen in ein festes Bild pressen zu können.«

»Und das ist alles?«

»Na ja, ich als Frau möchte natürlich noch regelmäßig Blumen bekommen, und mein Mann sollte sich nicht dafür schämen, mit mir zum PUR-Konzert zu gehen.«

Beide lachten. Dann fragte Jan weiter: »Und was macht dann für dich eine unglückliche Ehe aus?«

»Es geht um den aktuellen Fall, nicht wahr?«

»Du hast es erfasst. Also?«

»Hm«, überlegte Frauke. »Wenn man kaum noch miteinander spricht, wenn man das Gefühl hat, dass der Partner keine Achtung mehr vor einem hat – eben das Gegenteil einer glücklichen Ehe.«

»Und wie tief muss deiner Meinung nach das Unglück reichen, um im Seniorenalter den Partner umzubringen?«

»Du meinst, man könnte ab einem gewissen Alter auch einfach darauf warten, dass der Tod die Ehepartner scheidet – der natürliche Tod, meine ich?«

Jan machte sich an den Nachtisch. »Ja, in etwa so.«

»Ich kann mir schon vorstellen, dass ein Mann seine Frau so entwürdigend behandelt, dass man irgendwann einfach mal die Faxen dicke hat – manche merken vielleicht auch gar nicht, dass sie respektlos miteinander umgehen. Und sicher haben viele Ehepaare auch verlernt, darüber zu reden. Oder es nie gelernt.«

»Aber bringt man dann den Partner einfach um? Und warum bist du eigentlich nicht Eheberaterin geworden?«

Frauke kicherte. »Ich kann hier ja jederzeit aussteigen. Apropos aussteigen: Wenn der Ehemann aussteigt, kann ihn das vielleicht im hohen Alter ein Vermögen kosten. Wer weiß, wie lange seine Frau nicht mehr gearbeitet hat.«

Jan stimmte zu. »Da ist ein Mord natürlich einfacher. Als Motiv hätten wir dann Angst vor dem finanziellen Verlust, vielleicht kombiniert damit, dass er seine Ehe nicht mehr ausgehalten hat – oder ein Verhältnis hatte. So ganz überzeugt mich das noch nicht, aber der Frage nach einer Affäre sollte man nachgehen. Weißt du eigentlich, ob Wagner heute noch kommt?«

Frauke verdrehte die Augen. »War doch heute Morgen ganz schön ohne ihn, oder? Soweit ich weiß, hatte er schon ganz früh heute sein Bewerbungsverfahren. Und danach wollte er wiederkommen. Lass uns mal wieder ins Büro gehen, dann treffen wir ihn vielleicht, den künftigen Ersten Kriminalhauptkommissar.«

* * *

Langsam stakste der Mann mit den Schwimmflossen ins Wasser. Als er mit den Hüften im See stand, vergewisserte er sich kurz, dass er nicht beobachtet wurde, dann zog er sich die Taucherbrille über das Gesicht, steckte sich das Mundstück für den Atemregler zwischen die Lippen und verschwand unter der Wasseroberfläche. Der Zülpicher See war sehr trüb, doch dank seiner Tauchlampe konnte er auch mit zunehmender Tiefe verschiedene Farben und Konturen unter Wasser erkennen. Er glitt nahe am Grund entlang, als er plötzlich etwas entdeckte, das offensichtlich nicht zum natürlichen Bestand des Sees gehörte. Hier konnte man gewiss allen möglichen Müll entdecken, aber das hier war etwas ganz Besonderes.

Ein Menschenkörper lag auf dem Grund, eine Frau, deren Alter er schwer einschätzen konnte. Die Augen waren weit geöffnet, als flehten sie ihn um Hilfe an.

Er näherte sich der Leiche und leuchtete sie eine Weile an. Eine schöne Frau war sie gewesen, dachte er. Sie schien noch nicht allzu lange unter Wasser zu liegen, denn ihr Gesicht wies noch keine Verwesungsspuren oder sonstige Merkmale einer Wasserleiche auf – soweit er das beurteilen konnte, denn er hatte bisher noch nicht viele Leichen gesehen. Genau genommen war es die dritte Tote, die er gerade sah. Da die Frau noch ihre Kleider trug, war sie offenbar nicht einfach beim Schwimmen ertrunken. Auch wenn er nicht ganz ausschließen konnte, dass sie vielleicht von einem Boot gefallen und dabei ums Leben gekommen war, so konnte er sich doch eigentlich sicher sein, dass sie ermordet worden war. Alle Indizien, die er nun hatte, sprachen dafür.

Er drehte sich um und tauchte zurück zum Ufer. Mit einem Lächeln im Gesicht streifte er sich die Maske ab.

* * *

»Ich will kein Wort hören – fragen Sie einfach nicht!«, raunte Wagner Jan gleich an, als er ihm im Flur begegnete.

Jan wusste nicht, ob er nun Mitleid oder Schadenfreude empfinden sollte. Er verzog sich sofort in sein Büro, wo Frauke schon auf ihn wartete.

»Was ist denn mit dem los?«, flüsterte er ihr zu.

»Er ist wohl einfach mit einem schlechten Gefühl aus dem Verfahren gegangen und befürchtet, noch eine Weile nur zweiter, dritter oder vierter Kriminalhauptkommissar zu bleiben«, lästerte Frauke. »Es gibt aber auch Gerüchte, dass das ganze Bewerbungsverfahren ein abgekartetes Spiel war und die Kommission vorher schon wusste, welchen Bewerber sie haben will – und welchen nicht.«

»Warum bist du eigentlich immer so gut über alles informiert?«, fragte Jan.

»Was meinst du, wie ich es zur Polizei geschafft habe?«, neckte Frauke zurück. Dann räusperte sie sich künstlich. »Kommen wir nun wieder zum Dienstlichen, Herr Grimberg. Können Sie mir einen Gefallen tun?«

»Kommt auf den Gefallen an.«

»Hast du Zeit, einer Vermisstenmeldung nachzugehen?«

»Eigentlich nicht«, seufzte Jan. »Ich habe noch einen unaufgeklärten mutmaßlichen Mord auf dem Schreibtisch liegen.«

»Vielleicht ist die Sache schnell abgehakt. Ein Mann vermisst seine Ehefrau. Anita Winkelmann heißt sie. War gestern mit ihrem Hund spazieren, und dann ist der Hund wohl ohne sie nach Hause gelaufen«, erklärte Frauke.

»Das klingt aber nicht nach einer Kleinigkeit«, sagte Jan. »Aber warum meldet der Mann die Frau heute erst als vermisst?«

»Er sagte, er sei erst heute Morgen von einer Dienstreise aus München zurückgekommen. Und da fand er seinen Hund vor der Haustür. Der Mann hat dann erst einmal alleine die Umgebung abgesucht.«

In diesem Moment kam Wagner in Jans Büro gestürmt. »Grimberg, ich brauche Sie. Können Sie mir mal eben einen Gefallen tun?«

Jan winkte ab. »Später vielleicht, Kollege. Ich muss mal eben zu einem Mann, der seine Frau vermisst. Dauert sicher nicht lange.«

Wutschnaubend verzog sich Wagner wieder.

»Er hat nicht Bitte gesagt«, erklärte Jan entschuldigend und zwinkerte Frauke zu.

* * *

Der Mann mit den halblangen blonden Haaren betrachtete das dünne, afrikanische Kind mit dem hilfesuchenden Blick und der Narbe im Gesicht und versuchte, Mitleid zu empfinden. Nachdem er das Bild mehrere Minuten fixiert und sich vorgestellt hatte, dieses Kind würde in der tropischen Hitze vor ihm stehen, tat ihm der Junge mit der Narbe tatsächlich leid.

»Armes Kind«, seufzte er, und Karin Achenbach stimmte ihm zu.

»Ja«, flüsterte sie. »Es bricht einem das Herz, nicht wahr?«

Neben der Leinwand, auf die das Bild projiziert wurde, stand Holger Weidkamp und referierte über die Brunnen, die der Rotary-Club in Eritrea gebaut hatte. Weidkamp selbst hatte sich im Monat zuvor ein Bild von der Lage vor Ort gemacht und forderte den Club nun dazu auf, weitere Hilfen für Eritrea zu organisieren.

»Ist das nicht faszinierend, wie uns so ein Bild manipulieren kann?«, flüsterte der Blonde, und Karin Achenbach sah ihn entsetzt an. Er zwinkerte ihr zu, dann lächelte sie.

»Psst«, zischte eine ältere Dame, die vor ihm saß und gebannt den Ausführungen Weidkamps lauschte.

Eine Stunde später waren sie erlöst, und die Rotarier standen in lockerer Runde mit einem Glas Wein an der Bar.

Karin Achenbach stieß mit dem blonden Mann an. »Entschuldigen Sie noch mal, dass ich so empört auf Ihren Scherz reagiert habe«, sagte sie.

»Keine Ursache«, antwortete er. »Aber das war kein Scherz.«

»Hat es Ihnen gefallen?«, fragte Weidkamp und gesellte sich dazu.

»Der Herr glaubt, Sie wollten uns mit Ihren Bildern manipulieren«, verriet Achenbach.

Weidkamp lockerte seine Krawatte und sah ihn fragend an.

»Glauben Sie denn, dass sich irgendwer für die Wasserknappheit in Eritrea interessieren würde, wenn es nicht diese emotionalen Bilder gäbe?«

»Das ist das kleine Einmaleins der PR: Tu Gutes und rede darüber. Das darf ich doch mit meinen Bildern illustrieren«, rechtfertigte sich Weidkamp mit einem leicht beleidigten Ton.

»Natürlich dürfen Sie das«, fuhr der blonde Mann ihn plötzlich an. »Aber eins sollte Ihnen klar sein: Kein Schwein würde Ihre Moral teilen, wenn Sie nicht mit allen Mitteln Mitleid erregt hätten. So einfach ist das.«

Einige Clubmitglieder drehten sich irritiert zu ihm um, dann setzten sie ihre Gespräche fort.

»Ich weiß ja nicht, warum Sie Rotarier geworden sind – ich hoffe jedenfalls nicht nur wegen Ihres Vaters –, aber ich bin Christ und sehe es als meine Verpflichtung an, mein gutes Einkommen auch für wohltätige Zwecke einzusetzen. Und ich glaube, den meisten anderen geht es genauso. Mit Verlaub: Ihre Unterstellung, wir würden uns nur von Mitleidsbildern manipulieren lassen, ist unverschämt. Wir alle fühlen uns moralisch verpflichtet, Gutes zu tun, und wir tun es gerne«, konterte Weidkamp, und Karin Achenbach nickte.

»Sie glauben also, dass die meisten Menschen aus freien Stücken bereit sind, Gutes zu tun?«, hakte der blonde Mann nach.

Karin Achenbach zeigte in die Runde. »Sehen Sie sich doch um. Was wollen Sie eigentlich?«

»Nehmen Sie all diesen Menschen« – der Blonde deutete ebenfalls in die Runde – »ihren Wohlstand, ihre Sicherheit, dann ist ihre Moral keinen Pfennig mehr wert.«

»Blödsinn!«, grummelte Weidkamp genervt.

»Schauen Sie mal, was man so im Internet findet«, sagte der Blonde und hielt Weidkamp das Handy vor die Augen. »Das sagt doch alles, oder?«

Weidkamp wich einen Schritt zurück und stieß einen Schrei aus.

6. Kapitel

6. Juli 2016

»Wollen Sie sich den Leichenfundort aus der Nähe ansehen, Grimberg?«

»Sehr witzig!«, kommentierte Jan seinen Kollegen genervt.

»Was denn? Keine Badehose dabei?«, witzelte Wagner weiter. Dafür, dass sie in brütender Hitze am Baggersee standen, war Wagner erstaunlich gut gelaunt.

Der Anblick war ein wenig skurril: blauer Himmel, Sonnenschein, Temperaturen über 30 Grad – und ein totenstiller See. Nach dem Fund der Wasserleiche war der Badebereich des Zülpicher Sees umgehend geschlossen worden – wer hätte auch noch Lust gehabt, in einem Gewässer zu baden, in dem soeben eine tote Frau gefunden worden war.

Ein Surfer hatte eine Stunde zuvor etwas Merkwürdiges im Wasser treiben sehen. Als er mit seinem Brett näher heranglitt, hatte er feststellen müssen, dass es sich um einen Menschenkörper handelte.

Die Kollegen hatten die Leiche schon geborgen und ans Ufer gebracht. Jan zierte sich ein wenig, sich den Leichnam anzusehen. Natürlich hatte er schon einige Tote gesehen und kam damit klar. Aber speziell Wasserleichen waren kein schöner Anblick. Dennoch überwand er sich. Bei der toten Frau war die Leichenfäulnis schon weit vorangeschritten und ließ sie äußerst unmenschlich aussehen. An Kopf und Beinen klafften große Wunden. Die nasse Kleidung entsprach der Beschreibung von Winkelmann, der am Vortag seine Frau als vermisst gemeldet hatte.

»Sieht so aus, als hätten wir Anita Winkelmann gefunden«, murmelte Jan.

»Sieht ganz so aus«, stimmte Wagner zu. »Fragt sich nur, ob sie im Wasser ertrunken ist oder ob sie vorher ums Leben kam und im See versenkt wurde.« Wagner zeigte auf die Wunden. »Zumindest hat sie eine auffällige Kopfverletzung.«

»Was nicht heißt, dass sie nach dem Zufügen der Verletzung ins Wasser geworfen wurde. Sie könnte auch von einem Angreifer am Kopf verletzt worden sein und dann in Panik ins Wasser gelaufen sein, um vor dem Täter zu fliehen«, fügte Jan ein.

»Sie liegen beide falsch, meine Herren«, sagte eine Stimme hinter ihnen. Dann trat ein etwas schrulliger Mann in weißer Bundfaltenhose und grünem T-Shirt heran. Mühlenbach von der Forensik der Uni Bonn zog sich schnell den Tyvek-Anzug über und grüßte freundlich.

»Guten Tag, Herr Mühlenbach, was machen Sie denn hier?«, fragte Jan.

»Ihr Chef hat mich als fachkundigen Leichenbeschauer herbestellt – ist immer ratsam bei Wasserleichen, sich das Objekt möglichst schnell anzusehen«, antwortete der Rechtsmediziner und rieb sich mit einem Stofftuch den Schweiß von der Stirn. »Und um auf Ihre Spekulationen zurückzukommen: Auf den ersten Blick würde ich sagen, dass dem Objekt die Wunden post mortem zugefügt wurden – auf ganz natürliche Art und Weise.«

»Auf natürliche Art und Weise?«, fragte Jan.

»Ja. Wissen Sie: Wenn Menschen im Wasser sterben, gehen sie unter. Logisch, oder? Wenn dem nicht so wäre, könnten wir nicht tauchen. Kleider und Lungen haben sich voll Wasser gesaugt, die Frau ging sofort nach ihrem Tod unter, und am Grund des Sees hat sich ihr Körper noch einige Schrammen zugezogen. Ein toter Körper treibt meist in Bauchlage im Wasser, Kopf und Extremitäten hängen herab, und wenn sie über den Boden schleifen, fügt sich der Leichnam sogenannte Treibverletzungen zu. Daher die Schrammen. Wo wurde die Leiche gefunden?«

»Dort drüben«, sagte Wagner und zeigte auf eine Stelle im See, die ungefähr zehn Meter vom Ufer entfernt lag.

»Wassertiefe?«, fragte Mühlenbach.

»Zwei bis drei Meter«, antwortete Wagner.

»Dann hat es ungefähr einen Tag gedauert, bis die Leiche wieder an die Oberfläche getrieben wurde. Durch die Leichenfäulnis entstehen Gase, die der Leiche Auftrieb geben können. Das kann je nach Wassertiefe und Temperatur einen oder mehrere Tage dauern. Da das Wasser warm und nicht sehr tief war, liegt ihr Tod also nicht so weit zurück.«

»Gestern wurde eine Frau als vermisst gemeldet, zu der die äußere Beschreibung passen könnte«, sagte Jan.

»Aber hier ist noch etwas Interessantes«, sagte Mühlenbach und ging in die Hocke, um sich den Gegenstand seiner Untersuchung aus der Nähe anzusehen.

Alle schwiegen und sahen erwartungsvoll den Experten an. Mühlenbach war gut in seinem Fach. Selbst Wagner, der ansonsten nur sich selbst für überragend hielt, setzte auf Mühlenbachs Einschätzung.

Er brauchte keine zwei Minuten, dann zeigte er auf die auffälligen Stellen am Hals. »Sieht so aus, als wäre sie vor ihrem Tod von hinten gewürgt worden. Sehen Sie die Flecken am Hals? Und am linken Arm hat sie einen Bluterguss, das ist kein gewöhnlicher Leichenfleck. Sie hat wohl noch einen Kampf geführt, ehe sie ertrunken ist. Freiwillig ist sie wohl nicht ins Wasser gegangen. Sie wurde vermutlich von jemandem hineingezerrt und unter Wasser gedrückt.«

»Freiwillig ist sie sicher auch aufgrund ihrer Kleidung nicht ins Wasser gegangen«, stellte Wagner lapidar fest.

»Bei dem Wetter ist den Menschen alles zuzutrauen«, konterte Jan. »Also haben wir einen zweiten Mordfall?«

Wagner nickte. »Zwei Morde in wenigen Tagen. Die Eifel ist aber auch wirklich ein heißes Pflaster.«

»Heiß stimmt«, seufzte Jan.

»Herr Mühlenbach, vielen Dank. Sie dürfen die Leiche gerne mitnehmen, wenn Sie sich noch ein Weilchen mit ihr beschäftigen wollen«, grinste Wagner.

Mühlenbach warf ihm ein falsches Lächeln zu. »Sie hören von mir – vermutlich heute noch.«

* * *

Die Todesnachricht hatte Jochen Winkelmann vollends aus der Fassung gebracht. Er hatte wie ein Mantra wiederholt, dass die Polizei sich irren müsse, und war dann weinend zusammengebrochen. Jan und Wagner hatten einen Arzt verständigt. Für heute war Winkelmann nicht mehr vernehmungsfähig. Als sie gerade aufbrechen wollten, kam ein hellbeigefarbener Labrador auf die beiden Kommissare zu und brachte Jan einen Tennisball. Jan wollte nach dem Ball greifen, als Romba ihren Kopf wegdrehte und stattdessen Wagner den angesabberten Ball anbot. Wagner streichelte die Hündin und wünschte ihr sein herzliches Beileid. Romba scherte sich nicht um ihn und verschwand schwanzwedelnd im Flur. Als der Arzt kam, verließen sie zügig Winkelmanns Haus und fuhren von Schwerfen zurück nach Euskirchen.

* * *

In der Kreispolizeibehörde wurden sie mit einem Eis begrüßt. Bilinski, ihr Chef, hatte anlässlich der Hitze eine Abkühlung spendiert.

»Ist das denn noch kalt?«, wollte Wagner wissen.

»Ja, wieder. Wir haben es vorher gut antauen lassen und dann ins Tiefkühlfach gestellt. Wohl bekomms, Herr Wagner«, antwortete Frauke und hatte die Lacher auf ihrer Seite.

Wagner überlegte wohl einen Moment, ob er sich an das gemischte Eis wagen sollte, und aß es schließlich in Windeseile auf.

»Was sagen wir jetzt dazu?«, fragte er dann.

»Dass Sie es trotzdem gegessen haben?«, fragte Jan.

»Dass wir zwei Todesfälle in kurzer Zeit haben.«

»Zwei Mordfälle«, korrigierte Jan. »Oder glauben Sie bei Anita Winkelmann auch an einen Unfall? Ich finde, wir bräuchten Verstärkung. Wir können uns nicht um den Kakushöhlenmord, der noch nicht aufgeklärt ist, und um die Zülpicher Wasserleiche kümmern.«

»Verstärkung? Könnt ihr vergessen. Urlaubszeit – wir sind unterbesetzt«, gab Frauke zu bedenken. »Wenn Sie wollen, können wir natürlich mal in den benachbarten Bezirken um eine Aushilfe bitten …«

»Kommt nicht infrage«, warf Bilinski ein. »Erstens haben die das gleiche Problem wie wir. Und zweitens will ich nicht, dass es so aussieht, als wären wir nicht in der Lage, uns um zwei kleine Morde zu kümmern. Nächste Woche will ich Ergebnisse sehen.« Dann verschwand er im Chefbüro.

»Wir brauchen dringend einen Praktikanten«, sagte Wagner.

»Bilinski hat recht: Wir sollten nicht jammern, sondern zusehen, dass wir die beiden Morde schleunigst aufklären – und dann selbst in den Urlaub fahren. Lassen Sie uns erst einmal das Umfeld der Wasserleiche abklappern. Wir finden schon eine Spur«, sagte Jan. »Also: Anita Winkelmann war Journalistin, und in dem Beruf macht man sich nicht immer Freunde. Wir müssen uns ansehen, worüber sie in den letzten Monaten geschrieben hat und ob da irgendwelche brisanten Themen dabei waren, weswegen man sie vielleicht aus dem Weg räumen wollte. Außerdem müssen wir die Möglichkeit einräumen, dass es eine Beziehungstat war. Der Ehemann wirkt zwar sehr fassungslos angesichts des Todes seiner Frau, aber das könnte ja auch gespielt sein.«

»Vielleicht könnte diese Dame auch eine Affäre gehabt haben, die sie aus dem Weg räumen wollte«, ergänzte Wagner.

»Dann haben wir ja genug zu tun«, bemerkte Jan.

»Wir teilen uns auf«, bestimmte Wagner. »Sie fragen mal in der Redaktion nach, für die Frau Winkelmann geschrieben hat, und ich nehme ihre Verwandtschaft unter die Lupe.«

»Den Ehemann lassen Sie heute aber bitte in Ruhe«, mahnte Jan.

Wagner hob verteidigend die Hand. »Keine Sorge, Mutter Theresa. Ich dachte eher an andere Familienmitglieder, die mir etwas über ihre Tochter erzählen können. Los geht's.«

* * *

Als Jan die Lokalredaktion der *Eifeler Allgemeinen* betrat und das Rattern der Tastaturen hörte, spürte er eine Sehnsucht nach der Zeit, als er noch Philosophie studiert hatte. Damals hatte er auch Journalist werden wollen. Oder Lehrer. Oder Dozent im akademischen Forschungsbetrieb. Das nostalgische Träumen wurde schnell unterbrochen, als sich ein bullig-bärtiger Mann mit offenem Hemd und Goldkettchen vor ihm aufbaute.

»Was führt denn die Kripo zu uns?«, fragte er.

»Grimberg mein Name – und Sie sind?«

»Michael Becker, Redaktionsleiter.«

»Herr Becker, ich muss Ihnen leider mitteilen, dass Ihre Mitarbeiterin Anita Wagner verstorben ist.«

Becker sah Grimberg bestürzt an. »Was sagen Sie da? Das gibt's doch nicht ...«

Jan bat, hinter geschlossenen Türen mit ihm weitersprechen zu dürfen, und Becker führte ihn in sein Büro.

»So plötzlich?«, fragte Becker fassungslos.

»Sie starb vermutlich keines natürlichen Todes«, erklärte Jan. »Wir müssen von einem Gewaltverbrechen ausgehen, und deshalb bin ich auf Ihre Hilfe angewiesen.«

»Jaja ...«, murmelte Becker. Er wirkte fahrig, unkonzentriert. Die Nachricht hatte ihn sichtlich verwirrt.

»Frau Winkelmann war freie Mitarbeiterin, richtig?«

»Ja, sie arbeitete für verschiedene Blätter. Allerdings hatte sie sich nun auf eine Stelle als Chefreporterin hier beworben. Sie hatte gute Chancen, sie war eine sehr erfahrene Journalistin ...«

»Ist sie in der letzten Zeit mit ihren Artikeln irgendwem empfindlich auf die Füße getreten?«

»Was meinen Sie?«

»Ich frage mal anders: Hat sie sich durch ihre Recherchen Feinde gemacht?«

Becker zündete sich einen Zigarillo an. »Es ist natürlich unsere Aufgabe, auch mal unbequem zu werden – aber so unbequem, dass man sie dafür umbringt? Das meinen Sie doch?«

»Ja.«

»Tut mir leid, junger Mann. Das kann ich mir nicht vorstellen.«

»Worüber hat sie denn in der letzten Zeit geschrieben?«

Becker versuchte, den Rauch nicht in Jans Richtung zu pusten. »Geschichten aus dem Leben der Eifeler eben. Über Menschen mit außergewöhnlichen Hobbys, über Kulturveranstaltungen …«

»Ich dachte eher an brisante Themen«, unterbrach ihn Jan.

Becker dachte kurz nach. »Am meisten Sprengstoff hatten wohl die Artikel über eine vertuschte Tierseuche im Kreisgebiet und über ein ungeliebtes Bauprojekt in Ülpenich«, sagte er.

»Würden Sie mir diese Artikel mal geben?«

»Kein Problem, Sie können sie gleich mitnehmen.« Becker stand auf, ging nach nebenan, sprach kurz mit der Sekretärin und kam dann wieder. »Ich kann es immer noch nicht fassen, dass Anita tot ist. Wie geht es ihrem Mann?«, fragte er.

»Den Umständen entsprechend«, antwortete Jan. »War Anita Winkelmann die einzige Bewerberin auf die Stelle als Chefreporterin?«

»Das wäre schön, wenn wir immer nur einen passenden Bewerber hätten«, sagte Becker mit einem schwachen Lächeln. »Der Arbeitsmarkt im Journalismus wird immer härter, weil es immer weniger feste Stellen gibt. Es gab Dutzende Bewerber, aber Bewerber aus unseren eigenen Reihen haben natürlich Vorrang.«

»Dann gab es also noch andere Bewerber von der *Eifeler Allgemeinen*?«

»Ja, mit Anita waren es zwei – wobei Anita unsere Favoritin war.«

»Und der andere?«

»Florian Schüttler.«

»Kann ich mit ihm bitte noch sprechen?«

»Der ist gerade auf Termintour. Kommt erst am frühen Abend in die Redaktion.«

»Dann hätte ich gerne noch seine Kontaktdaten.«

»Wie Sie meinen«, sagte Becker verwundert und ging wieder zum Sekretariat. Eine Minute später kam er mit den Artikeln und einem Zettel mit Schüttlers Telefonnummer zurück. »Kann ich noch etwas für Sie tun? Ich müsste sonst mal weiterarbeiten.«

»Ich danke Ihnen und melde mich, wenn noch etwas ist – oder Sie rufen mich an, wenn Ihnen noch etwas einfällt.«

»Ich könnte tatsächlich noch ein paar Hinweise für den Bericht gebrauchen«, fuhr Becker fort.

»Den Bericht?«

»Über Anitas Tod natürlich. Das können wir nicht einfach übergehen, auch wenn ich sehr bestürzt bin. Sie haben dem Konkurrenzblatt doch noch nichts gesagt, oder?«

Daran hatte Jan gar nicht gedacht. »Herr Becker, ich muss Sie höflichst um Zurückhaltung bitten. Ich muss erst Rücksprache mit der Dienststelle und der Staatsanwaltschaft halten, ob der Mord schon für die Öffentlichkeit freigegeben werden kann oder ob wir aus ermittlungstaktischen Gründen noch einen Tag …«

»Dienst ist Dienst«, fiel ihm Becker ins Wort. »Auch für uns …«

* * *

Jan war nass geschwitzt, als er wieder bei der Kreispolizeibehörde ankam. Bei der Hitze Auto zu fahren, war kein Vergnügen. Er stieg aus, schlug die Autotür zu und wollte gerade zum Gebäude gehen, als er von einer jungen Frau mit modischem Kurzhaarschnitt angesprochen wurde.

»Entschuldigen Sie, bin ich hier richtig bei der Kreispolizei?«, fragte sie schüchtern.

»Ja, da vorne ist der Eingang«, sagte Jan freundlich. Die Dame war hübsch anzusehen, aber Jan hatte es eilig und wollte schon vorauslaufen, doch sie schloss sich ihm an.

»Dann folge ich Ihnen unauffällig, ja?«

»Das können Sie gerne tun«, sagte Jan höflich.

»Vielleicht können Sie mir auch weiterhelfen. Ich möchte einen Vermisstenfall melden.«

Jan legte einen Schritt zu. Die junge Frau folgte ihm.

»Ja, dann gehen Sie am besten …«

Die Dame fiel ihm ins Wort. »Wissen Sie, ich bin Lehrerin hier an der Grundschule, und eine Schülerin kommt seit zwei Tagen nicht zum Unterricht. Sie geht in die dritte Klasse.«

»Und warum melden Sie das und nicht die Eltern?«

»Die Eltern sagen, ihr Kind sei krank.«

»Das wäre eine plausible Erklärung«, sagte Jan und hielt ihr die Tür auf.

»Eigentlich schon. Aber das glaube ich nicht«, sagte die junge Lehrerin, und dann kamen ihr die Tränen.

Auch das noch, dachte Jan. Sie tat ihm sofort leid, irgendetwas an ihr faszinierte ihn, aber eigentlich hatte er überhaupt keine Zeit, sich um sie zu kümmern. Er ließ die Tür los und beschloss, noch einen Moment mit ihr draußen zu bleiben. Er konnte sie jetzt nicht einfach hier stehen lassen.

»Warum denken Sie, dass Ihre Schülerin verschwunden ist?«

Die Lehrerin fasste sich wieder und fuhr fort: »Ich habe heute nach der Schule mit der Mutter einer Freundin von Lena, dem verschwundenen Mädchen, gesprochen. Diese Mutter fragte mich, ob Lena in der Schule gewesen sei, weil ihre Eltern sie vor ein paar Tagen aufgelöst angerufen und gefragt hätten, ob Lena bei Mara sei, denn Lena sei nicht nach Hause gekommen.«

»Und warum haben die Eltern dieser Freundin nicht die Polizei verständigt?«

»Sie waren mit den Eltern von Lena so verblieben, dass die Albrechts sie anrufen, wenn sie in einer Stunde immer noch vermisst wird. Aber das haben sie nicht, und daher glaubte Frau Böhmer, die Mutter von Mara, dass Lena wieder aufgetaucht wäre. Aber merkwürdig ist das doch schon, oder? Das Kind wird vermisst, am nächsten Tag kommt es nicht in die Schule, und die Eltern melden es auch nicht ab, sondern sagen erst auf Nachfrage, dass es krank sei – und das in einem Ton, als wollten sie mich schnell abwimmeln.«

»Sie glauben, dass man sich Sorgen um das Wohl des Mädchens machen muss?«

»Ich habe eine besondere Verantwortung für meine Schüler, sie sind meine Schützlinge«, antwortete sie.

»Verstehe«, sagte Jan.

»Und was denken Sie, Herr ...?«

»Jan Grimberg.«

Die Lehrerin lächelte und reichte ihm die Hand. »Karin Neuhaus. Was denken Sie, Herr Grimberg?«

»Ich denke, das kann alles und nichts bedeuten. Vielleicht gibt es eine ganz einfache Erklärung, vielleicht irren Sie sich – aber vielleicht liegen Sie auch richtig. Ich müsste mir ein Bild davon machen, um es genauer zu beurteilen. Kommen Sie, ich zeige Ihnen, wo Sie Ihre Meldung zu Protokoll geben können, und dann sehen wir weiter.«

Neben dem Portrait seines Vaters hing ein Gemälde an der Wand, das nicht so bekannt war wie ein Monet oder ein Macke, aber wertvoll genug, um ein paar tausend Euro dafür zu bekommen. Mit den Farben Blau, Schwarz, Gelb, Orange und Rot hatte der Künstler etwas komponiert, das wie eine explodierende Blumenwiese aussah. Der Betrachter konnte sich der Faszination des Dargestellten kaum entziehen. Er selbst saß schon eine halbe Stunde auf einem unbequemen Klappstuhl vor dem Bild und ließ es auf sich wirken. Es gehörte zu den Objekten, die Darian damals in Umlauf gebracht hatte. Viel Geld hatte er dafür bekommen. Sehr viel Geld. Aber war es das wert gewesen, dass seinem Onkel für dieses Werk das ganze Leben um die Ohren geflogen war?

Er stand auf und machte einen Teller Suppe warm, stellte ihn auf ein Tablett und trug es in den Keller.

* * *

»Wo ist Wagner?«, fragte Jan, als er das Büro betrat.

»Der war gerade hier, hat kurz von seinem Besuch beim Bruder von Anita Winkelmann berichtet und ist schon wieder unterwegs«, antwortete Frauke.

Immer diese Alleingänge von Wagner, ärgerte sich Jan. »Und was hat der Herr Kollege berichtet?«

»Dass der Bruder von Anita Winkelmann den Verdacht hatte, dass ihr Mann sie betrügt. Und dem wollte Wagner wohl nachgehen«, gab Frauke zu Protokoll.

Na toll, dachte Jan. Er las eine halbe Stunde in den Akten zu den beiden Mordfällen. Keine heiße Spur. Zu dumm auch, dass es an beiden Tatorten wegen großer Wassermengen keine brauchbaren Spuren gab. Die hübsche Lehrerin kam an seinem Bürofenster vorbei und winkte freundlich. Jan blätterte weiter lustlos in den Akten. An der Kakushöhle hatte der Regen alles verwischt, und auch am Zülpicher See hatte es keine Spuren gegeben. Im ersten Fall konnte der Mord nicht einmal definitiv nachgewiesen werden. Blieb also erst einmal nur die Suche nach Tatmotiven in beiden Fällen.

Jan sah aus dem Fenster. Dann sprang er plötzlich auf und lief zu dem Kollegen, der das Protokoll mit der jungen Lehrerin aufgenommen hatte.

* * *

Der Mann, der Jan Grimberg die Tür in dem schicken Reihenendhaus öffnete, war ein gepflegter Mittdreißiger mit gegelter Igel-Frisur, Kinnbart und offensichtlichem Sinn für Mode. Er trug Shorts und ein Polohemd mit hochgestelltem Kragen. Als Jan sich vorstellte, wirkte Markus Albrecht überrascht.

»Ist etwas passiert?«, fragte er verdutzt.

»Das weiß ich noch nicht«, sagte Jan nüchtern. »Darf ich reinkommen?«

»Lass dir mal die Dienstmarke zeigen«, rief eine Stimme aus dem Haus.

Eine langhaarige Brünette mit südländischen Wurzeln kam barfuß in den Flur und stellte sich hinter ihren Mann. Jan zückte seinen Ausweis. Die beiden sahen sich verstohlen an, dann nickte sie, und Markus Albrecht ließ Jan eintreten.

»Es sind wieder so viele Betrüger unterwegs«, erklärte die Frau.

»Das ist meine Frau Sara.«

Jan und Sara Albrecht nickten sich zu.

»Ist Ihre Tochter auch zu Hause?«, fragte Jan.

»Nein, sie ist gerade unterwegs. Wollte eine Runde mit dem Fahrrad fahren, das kann bei ihr länger dauern«, erklärte Herr Albrecht.

Jan sah sich um. An den Wänden hingen viele Ikea-Rahmen mit Fotos von Lena. Lena am Strand, Lena auf Inlinern, Lena mit den Eltern im Schnee, Lena mit ihrem Vater in der Hängematte. Immer lachte Lena. Sie war ein hübsches Mädchen, das mit der dunklen Haut nach ihrer Mutter kam.

»Sie liebt Fahrradtouren«, fügte Frau Albrecht hinzu.

Jan sah auf ein Bild, auf dem Lena auf einem rosa Mountainbike für Kinder saß. Am Hinterrad war ein Wimpel mit spanischer Flagge angebracht.

»Fährt sie immer alleine?«, fragte Jan.

»Ja«, antworteten beide gleichzeitig. »Möchten Sie eigentlich etwas trinken?«, fragte die Mutter.

Zeit hinauszögern kann nicht schaden, dachte Jan. »Gerne. Ein Wasser vielleicht.«

Sara Albrecht verschwand in der Küche, und ihr Mann lotste Jan ins Wohnzimmer.

»Und Sie lassen Ihre Tochter wirklich heute alleine fahren?«, bohrte Jan weiter.

»Sie ist alt genug und fährt sehr sicher.«

»Ich meine ja nur, weil sie doch heute krank war.«

»Oh ja, eigentlich geht es ihr seit gestern schon wieder gut, aber zur Sicherheit haben wir sie heute noch zu Hause gelassen. So kurz vor den Ferien läuft in der Schule doch nichts mehr«, sagte Albrecht.

Jan beobachtete ihn genau. Er wirkte ganz gelassen. Hin und wieder griffen seine Hände ineinander, was ein Zeichen für Stress sein könnte – aber Jan konnte es nicht mit Bestimmtheit sagen. »Sie haben noch gar nicht gefragt, warum ich hier bin«, sagte er schließlich und beobachtete Albrechts Verhalten weiter.

Dieser sah Jan fest in die Augen – was ein Zeichen dafür sein konnte, dass er versuchte, die Beherrschung zu behalten. »Ich ging davon aus, dass Sie mir das noch sagen würden«, antwortete Markus Albrecht. »Also?«

»Vor ein paar Tagen haben Sie Frau Böhmer aufgelöst gefragt, ob Ihre Tochter bei ihrer Freundin Mara sei.«

»Ja. Und?«

»Wenn Sie aufgeregt waren, dann haben Sie sich offenbar große Sorgen gemacht.«

»Sie war nicht zur vereinbarten Zeit nach Hause gekommen. Deswegen haben wir uns Sorgen gemacht – das wäre allen anderen Eltern auch so gegangen. Aber sie war einfach wieder mit dem Rad unterwegs und hatte die Zeit vergessen. Eineinhalb Stunden später war sie wieder zu Hause.«

»Aber Sie haben Frau Böhmer nicht Bescheid gesagt, dass Lena wieder da ist. Das macht man doch normalerweise.«

»Ja, das machen wir eigentlich auch. Wir haben es einfach vergessen. War das nun alles, was Sie wissen wollten?«, fragte Sara Albrecht, die plötzlich im Türrahmen stand.

Jan konnte sich nicht entscheiden, ob die Albrechts die Wahrheit sagten oder ob sie ihm etwas verheimlichten. Für beides hatte er im Gespräch Hinweise gefunden. Aber er konnte nun nicht mehr sein Anliegen zurückhalten. Denn wenn die kleine Lena wirklich verschwunden war, dann ging es hier mutmaßlich um eine Entführung, und die Eltern standen unter Druck, um das Leben ihres Kindes zu schützen. Jan hatte nun die Pflicht, den Eltern Hilfe anzubieten.

Er nahm sein Handy hervor und tippte einige Wörter ein. Dann zeigte er den Eltern den Satz: *Sind Sie allein?*

Die Albrechts sahen Jan irritiert an und warfen sich unsichere Blicke zu.

Jan tippte weiter. *Ist Ihre Tochter entführt worden?*, schrieb er und zeigte den Albrechts das Display seines Handys.

Wieder konnte Jan zu wenig einordnen, ob die weiten Pupillen der Albrechts ausdrückten, dass Jan ins Schwarze getroffen hatte, oder ob es die Überraschung aufgrund einer absurden Frage war. Es dauerte Sekunden, bis Markus und Sara Albrecht in Gelächter ausbrachen.

»Ist das ein Scherz?«, fragte Markus Albrecht. »Unsere Tochter entführt?«

Jan steckte sein Handy weg. Entweder lag Jan mit seinem Verdacht total daneben, oder die beiden konnten verdammt gut bluffen.

»Leider ist das kein Scherz, aber wohl ein Irrtum«, sagte Jan schließlich. »Es wurde der Verdacht geäußert, Ihre Tochter könnte verschwunden sein. Aber dem scheint ja nicht so zu sein.«

»Nein, dem ist zum Glück nicht so«, stimmte Sara Albrecht zu.

»Dann entschuldigen Sie bitte die Störung. Ich finde selbst hinaus.«

Jan ging zur Tür, an der Lenas Stundenplan hing. Kaum war er aus dem Haus, hörte er, wie Albrecht hinter ihm die Tür verschloss.

Als Jan am Bürgersteig angekommen war, warf er noch einmal einen Blick zum Haus, um sicherzugehen, dass die Albrechts nicht am Fenster standen. Dann schlich er sich zur offenen Garagentür neben dem Haus. Jan suchte etwas Bestimmtes, und nach einem kurzen Augenblick wurde er fündig: Neben einem alten Hollandfahrrad stand ein pinkes Kinderrad mit spanischer Flagge. Das Fahrrad, mit dem er Lena auf dem Foto gesehen hatte. Jan fotografierte Lenas Fahrrad und sprintete zu seinem Wagen. Dann rief er im Büro an und klärte das weitere Vorgehen.

* * *

Er stand seit einer halben Stunde im Flur und betrachtete die Innenseite der Wohnungstür. Mit dem Zeigefinger strich Markus Albrecht immer wieder über Lenas

Stundenplan. Heute hätte sie zwei Stunden Kunst gehabt, dann nach der ersten Pause Mathe und Sachkunde, zweite Pause, dann eine Stunde Religion, und nach der fünften Stunde hätte sie Schluss gehabt und wäre früh nach Hause gekommen. Früh nach Hause gekommen … Heute wäre er dran, mit Lena die Schultasche zu packen. Markus ging in Lenas Zimmer und legte schon einmal ihre Sachen für den nächsten Tag raus. Nur für den Fall. Er sah auf die Uhr. Ausgerechnet heute musste er noch mal in die Schule, weil er noch Nachmittagsunterricht hatte.

Er schaltete das Radio ein, weil er die Stille nicht ertragen konnte. Sie hörte sich an wie ein helles Zischen. Aber nach einer Minute stellte er das Radio wieder ab, weil er Angst hatte, das Telefon zu überhören.

Dann räumte er die Küche auf.

Anschließend sah er nach seiner Frau. Im Schlafzimmer und auf der Sonnenterrasse war sie nicht. Als er im Bad nachschauen wollte, stellte er fest, dass die Tür abgeschlossen war. Er klopfte an und erhielt keine Antwort. Er legte das Ohr an die Tür und hörte nur Stille.

Er beugte sich und schielte durch das Schlüsselloch. Sara saß mit ineinander gekrampften Händen auf dem geschlossenen Klodeckel. Ihre Haare verbargen ihr Gesicht, aber er war sich sicher, dass sie weinte. Vielleicht war es gut, dass sie weinte. Dass es rauskam.

Manchmal hatte er Angst, Sara könnte sich umbringen.

* * *

»Es gibt Neuigkeiten«, verkündete Wagner, als er wieder im Präsidium eintraf.

»Ja, die gibt es«, antwortete Jan. »Aber Sie zuerst!«

»Herr Winkelmann hatte eine Affäre mit einer Kollegin«, gab Wagner triumphierend zum Besten. »Meine Recherchen waren recht erfolgreich.«

»Wie ich gehört habe, bestand nur der Verdacht«, sagte Jan.

»Herr Winkelmann hat mir eben höchstpersönlich von seiner Liebesbeziehung erzählt«, lächelte Wagner.

»Sie waren doch bei ihm? Können Sie den Mann nicht in Ruhe trauern lassen?«

»Dieser Mann hat jetzt ein Motiv. Und seine Trauer wird sich wohl in Grenzen halten, wenn er eigentlich eine andere Frau geliebt hat.«

»Vielleicht hat er auch beide Frauen geliebt«, gab Jan zu bedenken. »Jedenfalls scheint ihn der Tod seiner Frau sehr mitzunehmen.«

»Vielleicht hat er auch nur den trauernden Ehemann gespielt und ist eigentlich froh, dass er Anita los ist. Ich habe übrigens auch mit dieser Kollegin gesprochen. Sofie Schnitzler. Auch sie hat mir glaubwürdige Details zu ihrer Affäre mit Herrn Winkelmann genannt.«

»Kommt sie also auch als Täterin in Betracht?«

»Eher nicht. Sie ist sehr klein und zierlich, höchstens ein Meter sechzig groß. Ich glaube nicht, dass sie in der Lage wäre, Anita Winkelmann im See mit bloßer Körperkraft zu töten. Aber was ist mit Ihren Neuigkeiten?«

»Es gibt einen Verdacht auf Kindesentführung.«

»Herr Grimberg, delegieren Sie das bitte an eine andere Stelle. Wir können nicht noch eine Baustelle aufmachen.«

»Ich habe es schon weitergeleitet. Aber merkwürdig ist der Fall doch: Eine Lehrerin kommt zu uns, weil sie ein Kind vermisst und der Krankmeldung der Eltern keinen Glauben schenkt, und als ich die Eltern aufsuche, streiten sie ab, dass ihr Kind verschwunden ist, und lügen mich gleichzeitig an.«

»Wie gesagt, wir haben Besseres zu tun – soll Kollegin Bäumer sich drum kümmern, die kennt sich mit Entführungen aus«, kommentierte Wagner. »Und jetzt arbeiten wir an einer Strategie, wie wir Winkelmann in die Enge treiben.«

* * *

Hitzefrei gab es heute nur für die Schüler der Sekundarstufe I am Franken-Gymnasium Zülpich. Und so schwitzte Markus Albrecht gemeinsam mit seinem Geschichtskurs der Qualifikationsphase und diskutierte in der neunten Stunde – es war kurz nach fünfzehn Uhr – über die ideologischen Voraussetzungen des Nationalsozialismus. *Die Deutschen – Hitlers willige Vollstrecker?* hatte Albrecht an die Tafel geschrieben. Die These, so erklärte Albrecht seinen neunundzwanzig Schülerinnen und Schülern, gehe auf den Politologen Daniel Goldhagen zurück. Albrecht war unkonzentriert, als die drei üblichen Wortführer des Kurses – Jonathan, Lisa und Joanne – darüber diskutierten, ob Goldhagen damit die Leichtigkeit meinte, mit der sich das deutsche Volk habe manipulieren lassen, oder ob die These eher so zu deuten sei, dass die Deutschen von Natur aus Barbaren gewesen seien. Joanne relativierte wiederum letztere Position, während der Rest des Kurses vor sich hin schnarchte und Albrecht immer wieder auf sein Handy blickte, das er auf das Lehrerpult gelegt hatte. Joanne verstand Goldhagen so, dass eine bestimmte gesellschaftlich-kulturelle Entwicklung, nämlich der immer schon verbreitete Antisemitismus, den Holocaust ermöglicht habe, nicht aber eine wie auch immer geartete Naivität in dem Sinne, dass die Deutschen einem Demagogen auf den Leim gegangen wären.

Albrecht kratzte sich nervös am Hals. Um seine innere Unruhe zu zügeln, stand er auf, um das Fenster zu öffnen. Als er aber am Fenster stand, bemerkte er, dass es bereits offen war. Er wandte sich wieder seinen Schülern zu und sah, dass ihn der Kurs erwartungsvoll anstarrte. Kein Schüler sprach mehr, auch nicht Jonathan, Lisa und Joanne. Die Diskussion war anscheinend beendet, und Albrecht hatte nicht mitbekommen, wie das Gespräch ausgegangen war. Er kratzte sich am Hals und überlegte sich schnell eine Frage.

»Also schön«, begann er. »Also … also stellen wir uns jetzt eine konkrete Person vor, die, die … sagen wir … 1942 lebte. Hans Meier, ein durchschnittlicher Deutscher, vierzig Jahre alt, Familienvater, Parteimitglied – und Aufseher im KZ Dachau. Wie erklärt ihr euch, dass dieser Mensch direkt oder indirekt an der Ermordung von KZ-Insassen beteiligt war?«

Einige Schüler sahen sich gelangweilt an.

»Aber das haben die drei doch gerade schon ...«, wollte Yannick einwenden und zeigte auf Jonathan, Joanne und Lisa, aber Albrecht unterbrach ihn: »Nein, nein, wir wollen uns nun noch einmal einen lebendigen Menschen dahinter vorstellen, nicht die Deutschen als abstraktes Kollektiv wie in der Goldhagen-These.«

Wieder meldeten sich die üblichen drei, wiederholten ihre Aussagen noch einmal, bis Albrecht schließlich einen Stapel Texte aus der Tasche holte, sie verteilte und die Schüler zum Lesen aufforderte. Die Lerngruppe blickte gelangweilt auf die ausgeteilten Blätter, während Albrecht sich ans Pult setzte und wieder auf sein Handy schielte.

»Ich muss heute früher weg – den Rest macht ihr zu Hause«, sagte er schließlich und verließ eilig das Klassenzimmer. Auf dem Weg vom Schulgebäude zum Lehrerparkplatz liefen ihm bereits Tränen über die Wangen.

* * *

Kriminalhauptkommissarin Leonore Bäumer setzte die Luftpumpe am Vorderrad ihres Mountainbikes an und begann, den platten Reifen mit Luft zu füllen. Dann löste sie die Pumpe unauffällig vom Ventil, um nicht zu schnell fertig zu sein. Es wurde langsam dunkel, aber es war immer noch heiß. Zwischen den Speichen hindurch sah sie zum Haus der Albrechts. Nichts passierte. Menschen zu beschatten, war eine der ödesten Aufgaben, die sie als Kripo-Beamtin übernehmen musste, weil in den meisten Fällen nichts geschah, die Beschattung aber höchste Aufmerksamkeit von ihr forderte.

Leonore pumpte weiter und fragte sich, wie sie Grimbergs Verdacht einordnen solle. Sie hielt eigentlich viel von ihrem jungen Kollegen, der in kurzer Zeit schon komplizierte Fälle gelöst hatte – und dabei ganz bescheiden blieb, im Gegensatz zu seinem Partner Wagner, dem eitlen Gockel, der sich auch gerne mal mit fremden Federn schmückte. Ihre lockigen, roten Haare hatte sie unter dem Fahrradhelm versteckt, unter dem ihr der Schweiß über die Schläfen rann.

Ob die Albrechts wirklich etwas vertuschen wollten, um die Polizei rauszuhalten, wie es Entführer in aller Regel forderten? Bäumer war in ihren jungen Jahren einmal an einem Entführungsfall mit tragischem Ausgang beteiligt gewesen. Der Sohn eines reichen Anwalts war damals vier Tage lang verschwunden. Die Eltern hatten die Polizei verständigt – sie hatten das einzig Richtige getan, denn die Experten von der Kripo hatten großes Potenzial, um Entführungen zu beenden. Und nicht zu vergessen die psychologische Betreuung der Eltern während des langen Wartens auf die Nachrichten der Täter. Die Aufklärungsquote bei Entführungen lag bei neunzig Prozent, und die Wahrscheinlichkeit war groß, dass die Kinder lebend zurückkamen, wenn die Polizei involviert war. Aber in diesem Fall war es schiefgegangen. Die Übergabe des Jungen war geplatzt, weil die verdeckten Ermittler entdeckt worden waren. Einen Tag später fand man den Jungen tot im Wald. Wozu waren Menschen bloß fähig?

Obwohl Leonore Bäumer heute schon zwei Mal zwecks Beschattung die Klamotten gewechselt hatte, war ihr Shirt schon wieder nass geschwitzt. Die Hitzewelle nahm kein Ende. Leonore trank einen Schluck

Wasser, und als sie die Flasche absetzte, sah sie, wie Markus Albrecht aus dem Haus kam. Er sah nach rechts und nach links, dann kam er direkt auf sie zu. Leonore verhielt sich professionell unauffällig und pumpte weiter an ihrem Reifen. Als Markus Albrecht an ihr vorbeilief, atmete sie erleichtert auf. Für einen Moment hatte sie geglaubt, dass er sie entdeckt hätte.

Sie wartete noch fünf Sekunden, dann drehte sie sich um. Albrecht war verschwunden. Vermutlich war er in die nächste Seitenstraße abgebogen. Leise sprach sie ins Mikro, das an ihrem Shirt klemmte, dann setzte sie sich aufs Rad, um Albrecht zu folgen. Dabei merkte sie, dass der Reifen nicht gut genug aufgepumpt war, weil sie wieder Luft rausgelassen hatte. Ein roter Volkswagen kam aus der Seitenstraße. Den Fahrer erkannte sie sofort.

Albrecht, dachte Leonore und sprintete zu ihrem Dienstwagen, der einige Meter hinter ihr stand.

* * *

Jochen Winkelmann war überrascht, wie gut ihm die Dosenravioli schmeckten. Sie erinnerten ihn an die ersten Jahre im Berufsleben, als er wenig Zeit gehabt hatte, um kochen zu lernen, und sich hauptsächlich von Dosenfutter, Pesto-Spaghetti und Tiefkühlpizza ernährt hatte. Bis er Anita kennengelernt hatte – die zum Glück kochen konnte. Sehr gut sogar.

Den Tisch hatte er nur für eine Person gedeckt. Natürlich. Er würde sich schon daran gewöhnen, wieder alleine zu essen. Er würde sich schon wieder an Ravioli gewöhnen.

Die Polizisten hatten gefragt, ob sich jemand um ihn kümmern würde. Aber er hatte es abgelehnt, sich wie ein kleines Kind behandeln zu lassen. Er würde schon alleine zurechtkommen. Und er hatte ja noch Romba. Die Hündin lag vor der Tür und wartete darauf, dass Frauchen heimkehrte. Romba würde bald verstehen, dass Frauchen nicht mehr nach Hause kam.

Winkelmann starrte an die Wand und fragte sich, ob Anita noch leben würde, wenn er nicht über Nacht auf der Tagung geblieben wäre. Wenn er einfach früher nach Hause gekommen wäre.

Wie glücklich war er gewesen, mit Anita zusammenleben zu dürfen. Aber manchmal reichte es ihm einfach nicht, nur eine Frau zu haben. Er war gierig nach sexueller Abwechslung. Aber keine der Frauen, mit denen er in der letzten Zeit geschlafen hatte, bedeutete ihm etwas. Keine von ihnen kam an Anita ran. Ihm war nun klar, dass Glück jeder Zeit zerbrechen konnte wie eine Tasse, die durch ein Unglück aus der Hand fiel.

Es war doch nur ein tragisches Unglück. Anita war einfach ertrunken. Sie war einfach ertrunken. Sie war einfach er… ertränkt worden! Diesen Gedanken hatte er stundenlang verdrängen können, jetzt sprang er plötzlich an die Oberfläche.

Deine Frau ist ertränkt worden.

Sie wurde ermordet!

Er schmiss den Teller an die Wand, rannte zur Küchenschublade, nahm ein Messer heraus und stach ziellos ins Leere damit. Wenn er den Kerl erwischen würde, der seine Frau auf dem Gewissen hatte.

* * *

Sie fuhren mit zwei zivilen Fahrzeugen auf der Bundesstraße 266 hinter dem roten VW her, in dem sich Albrecht vermutlich befand. Leonore Bäumer im Ford Focus, ihr Kollege Robert Knoll im BMW. Die Dunkelheit war inzwischen angebrochen und gab ihnen genügend Deckung, außerdem achtete Leonore darauf, dass ein Auto zwischen ihr und dem VW fuhr, damit er nichts von der Verfolgung mitbekam. Wenn gerade das passierte, was sie vermutete, dann war es gewiss, dass Albrecht damit rechnen musste, verfolgt zu werden, auch wenn er die Polizei nicht eingeschaltet hatte.

Er war nun rund zehn Kilometer an den Feldern der Eifel vorbeigefahren und bog in Kommern links ab. Leonore und Knoll taten es ihm nach. Im Kreisverkehr an den Supermärkten fuhr er geradeaus, den Mechernicher Weg entlang.

Plötzlich schien er etwas bemerkt zu haben.

»Verdammt«, flüsterte Leonore.

Der VW bog noch an einer Kreuzung links in einen unscheinbaren Weg ab, der früher mal ein Feldweg gewesen war und nun zu einer großen Neubausiedlung führte. Leonore war ebenfalls abgebogen, als der VW rechts ranfuhr, das Fenster runterkurbelte und misstrauisch nach hinten sah. In der Dunkelheit konnte Leonore nicht erkennen, wer am Steuer saß. Geistesgegenwärtig gab sie Gas und überholte ihn. Einige Meter später fuhr sie in die Einfahrt eines Neubaus. Stieg aus, ging zur Tür und suchte in der Handtasche nach einem Schlüssel. Einige Sekunden vergingen, und gerade rechtzeitig, als sie die vorgetäuschte Schlüsselsuche nicht mehr hätte rauszögern können, legte Albrecht den Gang ein und setzte seine Fahrt fort.

Leonore atmete erleichtert auf. Dann eilte sie zurück zur Straße und rannte in die Richtung, in die der VW gefahren war. Mit dem Auto hinterherzufahren, war jetzt zu riskant. Dann würde er merken, dass er verfolgt wurde. Aber sie war eine gute Läuferin. Hinter der neuen Wohnsiedlung lagen noch weite, unbebaute Felder, die ihr eine gute Sicht auf die Rücklichter des VW ermöglichten. Im weiteren Verlauf des Weges folgte eine steile Steigung, so dass sie den VW immer noch gut erkennen konnte.

Hoffentlich verliere ich ihn nicht, dachte Leonore.

Sie war sich sicher, dass sich die Verfolgung gelohnt hatte. Dass Albrecht auf dem Weg zur Übergabe des Kindes war. Oder zur Übergabe des Lösegeldes, was immer er auch zahlen sollte. Wenn die Albrechts eine bundesdeutsche Durchschnittsfamilie waren, dann hatten sie vermutlich ihr ganzes Vermögen in den Kauf des Hauses investiert und würden in den nächsten Jahren den Kredit abbezahlen.

Hoffentlich geht die Sache heute Abend gut aus, dachte Leonore.

Dann wurde sie in das Licht von Scheinwerfern gehüllt. Sie drehte sich um. Ein BMW näherte sich. Knoll.

»Steigen Sie ein«, befahl ihr Kollege, und Leonore folgte.

»Wo waren Sie so lange?«, wollte sie wissen.

»Ich habe mich auf sicherem Abstand gehalten. Zwei Fahrzeuge, die ihm in diese unscheinbare Gegend folgen, wären wohl zu auffällig gewesen. Ist er das da oben?«

»Ja.«

Der VW bog an einer Feldwegkreuzung ab. Rechts ging es zum Wohngebiet am Mechernicher Stadtrand. Der VW fuhr nach links.

»Die Filskaul«, sagte Leonore.

»Die was?«

»Da oben ist ein kleines Waldgebiet mit einer großen Senke, in der sich drei Höhlen befinden. Ein sehr unscheinbarer Ort, in dem wir als Kinder früher manchmal gespielt haben.«

»Kein schlechtes Versteck für eine Übergabe«, sagte Knoll.

»In der Tat«, stimmte Leonore zu. »Was tun wir jetzt?«

»Wir halten uns im Hinterhalt. Ich lasse Sie an der Kreuzung raus und fahre nach rechts zum nächsten Haus, wo ich den Wagen unauffällig parken kann. Ein Auto, das im Dunkeln hier mitten in den Feldern parkt, ist zu riskant. Wenn hier wirklich eine Entführung vorliegt und die Kidnapper hier sind, bringen wir das Kind in Lebensgefahr. Sie folgen ihm auf Abstand und machen sich ein Bild von der Lage. Ich rufe Verstärkung und bin in ein paar Minuten bei Ihnen.«

Knoll hielt an, Leonore sprang aus dem Wagen und lief Richtung Filskaul. Der VW parkte unmittelbar vor dem Waldstück. Leonore lief um den Wagen und sah hinein. Niemand war drin. Sie nahm ihre Dienstwaffe in die Hand und schlich sich im Schutz der Bäume zur Senke. Langsam begab sie sich auf den Weg nach unten. Nichts war zu sehen. Sie legte einen Schritt zu und observierte die Höhlen. Dunkelheit. Stille. Keine Menschenseele. Keine Spuren. Plötzlich hörte sie Schritte oberhalb der Höhle.

Leonore raste dorthin zurück, wo sie hergekommen war. Sie war noch nicht wieder oben angekommen, als sie Motorgeräusche hörte. Dann hatte sie den Waldeingang erreicht. Der rote Volkswagen war weg.

Mist, dachte sie. Verdammter Mist.

* * *

Es war schon spät, aber er konnte einfach nicht schlafen. Er ging zum Bücherregal und griff zu einem möglichst dicken Buch. Langsam ließ er sich in den Lesesessel sinken und schlug den ersten Thessalonicherbrief auf. Mit dem Zeigefinger fuhr er über die Verse und blieb an einer Stelle hängen.

Prüft aber alles und das Gute behaltet. Meidet das Böse in jeder Gestalt.

Als er diese Worte gelesen hatte, legte er den Kopf in den Nacken und begann zu lachen. Er schickte lautes Gelächter in die Nacht und konnte gar nicht mehr aufhören.

Mein lieber Paulus, dachte er, meintest du das eigentlich ernst? Dachtest du, die Menschheit sei bereit, das Böse ewig zu vermeiden? Onkel Darian war doch das beste Beispiel dafür, dass noch so vollkommene Menschen das Böse nicht meiden können. Nein, lieber Paulus, so einfach ist das nicht. Was du da forderst, ist nur ein frommer Wunsch, du unverbesserlicher Missionar – Missio-Narr!

Dann ging er zum Sekretär, nahm einen schwarzen Kugelschreiber und setzte sich wieder in die Leseecke. Mit der rechten Hand hielt er die Bibel fest, mit der linken Hand strich er die soeben gelesenen Verse durch.

Er war zufrieden. Sehr sogar.

Sein Werk, das er schuf, entwickelte sich prächtig.

Aber er war noch nicht am Ende.

Es musste noch weiter wachsen.

Und dazu brauchte er noch mehr.

Schon morgen würde er sich wieder auf die Suche machen.

* * *

Jan Grimberg war immer noch wach. Die Nachthitze ließ ihn nicht schlafen. Er stand noch einmal auf, holte sich ein Altbier aus dem Kühlschrank und setzte sich ans offene Fenster. Drüben am Kommerner Hang brannten auch noch einige Lichter. Er schien nicht der Einzige zu sein, der um Mitternacht noch nicht eingeschlafen war.

Kommern war, seit er zur Kripo gewechselt war, seine neue Heimat. Oder doch nicht? Jan wusste nicht, ob er seinen Wohnort mit dem Begriff Heimat verbinden wollte. Als Streifenpolizist hatte er in Bonn gewohnt, eine schöne Stadt, in der in so einer Sommernacht noch Leben auf den Straßen herrschte. Hier in der Eifel war es sehr ruhig. Er war nun eigentlich ganz zufrieden mit seinem Leben, aber er fühlte sich manchmal heimatlos. Eigentlich fand Jan es ja gar nicht so schlecht, in der Eifel zu leben, aber er hatte das Gefühl, einfach nicht hierherzugehören. Man wohnte hier, weil man entweder hier aufgewachsen war oder weil man mit einer Familie ins Grüne ziehen wollte. Beides traf auf Jan nicht zu. Eine Familie hatte er nicht, obwohl seine alten Freunde nun alle fleißig dabei waren, ihre Freundinnen zu heiraten, Kinder in die Welt zu setzen und Kredite aufzunehmen. Jan suchte regelmäßig im Internet nach Dating-Bekanntschaften, aber immer, wenn eine Frau Interesse zeigte und sich verabreden wollten, kam ihm die Arbeit dazwischen.

Sein Handy klingelte. Es war Leonore Bäumer. Vielleicht bringt die Nacht ja doch noch eine spannende Abwechslung, dachte Jan und nahm ab.

* * *

Eine halbe Stunde später stieg Jan zusammen mit Leonore Bäumer aus dem Wagen und lief zum Haus von Familie Albrecht.

Es war ihm fast unangenehm, bei den Albrechts um ein Uhr nachts zu klingeln, obwohl kein dringender Tatverdacht bestand und er auch kaum Anhaltspunkte hatte, dass Gefahr in Verzug war. Aber die Geschichte, die ihm seine Kollegin Leonore Bäumer soeben am Telefon erzählt hatte, war so merkwürdig, dass er sich genötigt sah, noch in der Nacht etwas zu unternehmen. Natürlich beruhten alle Aktionen bisher auf purer Vermutung. Auf der Vermutung nämlich, dass Lena Albrecht entführt worden und dass ihr Vater eine Stunde zuvor in dieser Angelegenheit unterwegs gewesen war – zu einem höchst ungewöhnlichen Ort mitten in der Nacht. Zudem waren oberhalb der Filskaul, ungefähr da, wo Albrechts Wagen geparkt hatte, zwei durchgeschnittene Kabelbinder gefunden worden. Was alles oder nichts bedeuten konnte. Entweder hatte es eine Übergabe gegeben, oder die Übergabe war aus irgendwelchen Gründen gescheitert. Entweder lebte Lena Albrecht und war jetzt bei ihren Eltern, oder sie lebte noch und wurde immer noch festgehalten, oder sie war nun tot, oder sie lebte noch und war nie entführt worden, und das Ganze war nur ein unglückliches Missverständnis.

Aber Jan glaubte aus irgendeinem Grund dieser Grundschullehrerin und er glaubte Leonores Erfahrung und Intuition. So verhielten sich Eltern, die eine Entführung ihrer Kinder vor der Polizei geheim halten wollten in dem Glauben, dass sie ihre Kinder dann unversehrt wiederbekommen.

Jan klingelte. Zwei Sekunden später ging das Licht an. Dann ging es wieder aus.

Jan klingelte ein zweites Mal. Wieder schaltete jemand das Licht an, dann hörten sie, wie das Türschloss klapperte.

Markus Albrecht sah durch den Türspalt, der durch eine Kette gesichert war. Er war barfuß, trug eine Jeans und ein offenes Hemd. »Sie?«, fragte er.

»Sie sind noch wach?«, fragte Jan.

»Sie auch?«, gab Albrecht zurück. Er wirkte nervös.

»Ist Ihre Tochter inzwischen wieder zurückgekehrt?«, fragte Jan weiter.

»Natürlich. Sie schläft in ihrem Zimmer«, antwortete Albrecht.

»Können Sie uns denn verraten, was Sie heute Nacht in der Filskaul gemacht haben?«, fragte Leonore Bäumer unvermittelt.

»Wie bitte?«

»In der Kommerner Filskaul. Zwischen Kommern und Mechernich. Man fährt doch nicht mitten in der Nacht in den Wald, um nach zehn Minuten wieder von dort zu verschwinden«, führte Leonore weiter aus.

»Ich wollte einfach noch mal raus und habe mich spontan entschieden, dorthin zu fahren. Ich bin in Kommern aufgewachsen und habe als Kind oft dort gespielt. Es gibt keinen höheren Grund, es hat mich einfach heute Abend an diesen Ort meiner Kindheit gezogen.«

»Um zehn Minuten später wieder zu verschwinden?«

»Woher wissen Sie … Sind Sie mir etwa gefolgt?«

»Wir hatten leider einen Grund dazu …«

»Was fällt Ihnen ein? Was ich heute Abend getan habe, geht Sie gar nichts an. Meine Frau und ich hatten Streit, ich musste raus hier, wollte mich eigentlich in der Höhle besaufen, bin aber dann doch zur Besinnung gekommen. Zufrieden?«

»Herr Albrecht, ist Ihre Tochter wirklich da? Wenn nicht, wäre es an der Zeit, dass Sie sich helfen lassen«, sagte Leonore.

»Natürlich ist sie hier.«

»Würde es Ihnen etwas ausmachen, uns Ihre Tochter zu zeigen? Wir sind auch ganz leise und wecken sie nicht auf«, bohrte Leonore weiter.

»Ja, das würde mir etwas ausmachen. Wie kommen Sie dazu, nachts zu mir zu kommen mit so einer absurden Forderung? Lena ist hier, sie schläft, und ich muss Sie jetzt nicht einfach in mein Haus lassen.«

»Papa?« Das war eine Kinderstimme. »Papaaaa?« Die Stimme klang verängstigt.

»Da hören Sie, was Sie angerichtet haben. Jetzt haben Sie sie geweckt. Entschuldigen Sie mich, ich muss jetzt mal nach meinem Kind sehen.« Albrecht schlug die Haustür zu.

»Was denkst du?«, fragte Jan.

»Ich weiß nicht, was ich denken soll«, antwortete Leonore. »Er hat eine halbwegs plausible Erklärung für seinen nächtlichen Ausflug, und das Kind scheint wieder da zu sein. Einen Beweis für eine Entführung haben wir nicht und werden wir wohl auch nicht mehr bekommen. Vielleicht haben wir uns einfach mit unserem Verdacht geirrt.«

7. Kapitel

7. Juli 2016

Was steht heute bei Ihnen an?«, fragte Bilinski gleich, als Jan am Morgen das Büro betrat.

»Zuerst müsste mal geklärt werden, ob Lena Albrecht heute wieder in der Schule war«, antwortete Jan und gähnte.

»Den Aufwand hätten wir uns bei der Personalknappheit wohl sparen können«, grummelte Bilinski. »Frauke, haben Sie das mitbekommen? Dann könnten Sie mal eben in der Grundschule anrufen.«

Frauke nickte freundlich und machte sich auf den Weg.

»Und ihre Lehrerin soll sich bei uns melden, wenn sich das Kind irgendwie merkwürdig verhält«, rief Jan hinterher.

»Dafür gibt es Therapeuten«, kommentierte Bilinski. »Ich glaube, Sie verrennen sich da. Und wir haben bei Gott wirklich gerade genug am Hals. Zwei Todesfälle, die noch nicht aufgeklärt sind. Halten Sie sich da lieber ran.«

Jan konnte seinen Chef verstehen. Warum sollte sich die Kripo mit einer nicht bestätigten Entführung befassen, wenn es keinen Entführer und offenbar auch kein entführtes Kind gab. »Das werden wir gleich machen. Wagner ist schon unterwegs zu Herrn Weber, und ich sehe mir jetzt das Umfeld der Seeleiche an«, antwortete Jan. Dennoch würde Jan den Albrechts nachher noch mal einen Besuch abstatten. Aber das wollte er Bilinski nicht gleich auf die Nase binden.

* * *

In der Grundschule war gerade große Pause, als er den Van parkte und das Fenster runterkurbelte. Eine ganze Weile lauschte er den ausgelassen spielenden Kindern und beobachtete eine Gruppe von Mädchen, die offenbar *Himmel und Hölle* spielten. Es war schon die dritte Schule, die er heute anfuhr. Er hatte beschlossen, an jeder Schule nicht mehr als fünf Kinder zu fixieren.

Plötzlich hielt er inne. Im Rückspiegel sah er einen Streifenpolizisten, der sich ihm näherte. Hektisch suchten seine Augen den Innenraum des Wagens ab. Dabei entdeckte er eine Handvoll Kabelbinder, die er rasch im Handschuhfach verschwinden ließ.

»Sie stehen hier im Halteverbot«, sagte der Polizist, der nun neben seinem Seitenfenster stand.

»Entschuldigen Sie, ich wollte gerade losfahren. Ich arbeite für die Stadtwerke und musste nur kurz den Stromkasten hier überprüfen.« Er deutete auf den Kasten am Bürgersteig. »Ich wollte gerade losfahren.« Dann startete er den Motor. Der Polizist nickte wohlwollend und verzog sich wieder.

»Du kommst in den Himmel«, kicherte ein Mädchen vom Schulhof.

»Glaubst du das wirklich, dass das irgendjemand verdient hat, dumme Gans?«, murmelte er und fuhr weiter.

* * *

Bei der *Eifeler Allgemeinen* ging es diesmal weniger hektisch zu als bei Jans letztem Besuch. Becker begrüßte ihn mit einer Mischung aus Freundlichkeit und Wichtigtuerei.

Natürlich hatte die Zeitung den Mord an der eigenen Mitarbeiterin gestern noch journalistisch ausgeschlachtet und dem Fall die ganze Titelseite gewidmet, obwohl die Polizei noch keine Details an die Presse weitergegeben hatte. Der Artikel war zur Hälfte eine geschmacklose Sensationsreportage, zur anderen Hälfte ein würdigender Nachruf. Geschrieben hatte ihn der Chef selbst.

Jan hatte sich vorher telefonisch erkundigt, ob Florian Schüttler im Hause sei, und darum gebeten, alleine mit ihm sprechen zu können. Der Redaktionsleiter schickte Jan mit seinem Mitarbeiter in den Konferenzraum, stellte eine Kaffeekanne hin und schloss die Tür.

Florian Schüttler war ein etwas zu klein geratener, leicht übergewichtiger Mann von Mitte dreißig und entsprach dem Klischee eines Umweltaktivisten: randlose Brille, unrasiert, die langen Haare zu einem Pferdeschwanz gebunden.

»Sie wissen, warum ich hier bin?«, fragte Jan höflich.

»Ich habe gehört, dass Frau Winkelmann gestorben ist«, antwortete Schüttler beinahe desinteressiert.

»Sie wurde ermordet«, ergänzte Jan.

»Ja. Schrecklich«, sagte Schüttler emotionslos.

Der Typ war Jan vom ersten Moment an unsympathisch. Er wirkte arrogant und gefühllos. Jan bemühte sich um Sachlichkeit und fragte: »Wie gut kannten Sie Ihre Kollegin?«

»Wir waren eben Kollegen, mehr nicht. Sie ist mit anderen aus der Redaktion manchmal nach Dienstschluss noch einen trinken gegangen.«

»Und Sie waren nie dabei?«

»Nein.«

»Warum nicht?«, bohrte Jan nach.

»Ich wurde nie gefragt«, sagte Schüttler. Wieder dieser gleichgültige Ton.

»Haben Sie sich auch auf die Stelle als Chefreporter beworben?«, fragte Jan.

»Das wissen Sie doch schon.«

»Ich habe auch gehört, dass Anita Winkelmann die Favoritin unter den Bewerbern war. Dann sind Ihre Chancen ja nun gestiegen, dass Sie die Stelle kriegen.«

»Darüber möchte ich nicht spekulieren. Aber es steht mir doch zu, weiterhin auf eine Festanstellung zu hoffen, oder?«

»Sie haben gerade keine Festanstellung?«, fragte Jan überrascht.

Florian Schüttler lachte süffisant. »Soll das ein Witz sein? Die Meisten, die hier arbeiten, haben keinen Vertrag. Wir bekommen ein mageres Zeilenhonorar, schreiben nebenbei nach Dienstschluss noch PR-Texte für Unternehmen, damit die Kohle reicht. Und das, obwohl viele ein Studium absolviert und eine abgeschlossene Journalistenausbildung haben. Aber ich würde mal sagen, dass eine Supermarkt-Kassiererin mehr verdient – zumindest in den Sommermonaten, wenn es nicht viele Aufträge für uns gibt.«

»Das ist ein hartes Brot.«

»Stimmt wohl – mit einem Beamtengehalt können wir nicht mithalten.«

Auf diese Diskussion wollte Jan sich nun nicht einlassen. »Haben Sie sich denn noch woanders beworben?«, fragte er stattdessen.

»Wo denn? Es gibt kaum Stellen für Journalisten. Wir können ja froh sein, dass wir als Freie arbeiten dürfen. Aber sehr befriedigend ist es nicht, wenn man mit Ende dreißig den Status hier hat, den man auch schon als Student hatte, als man neben dem Studium freier Mitarbeiter war.«

»Was haben Sie studiert?«

»Politikwissenschaft und Kunstgeschichte.«

»Magister Artium?«

»Nein, Magister abgebrochen«, sagte Schüttler trocken.

»Die Stelle als Chefreporter wäre also eine echte Chance für Sie.«

»Ich war's nicht«, blockte Schüttler ab. »Und jetzt entschuldigen Sie mich, ich muss weitermachen. Zeit ist Geld – gerade für freie Journalisten.«

»Wo haben Sie in dieser Woche eigentlich die Abende verbracht?«

»Ich war's nicht«, wiederholte Schüttler pampig und verließ den Raum. Nach einem Moment steckte er seinen Kopf noch mal herein. »Wenn Sie es wirklich wissen wollen: Ich hatte noch einen Abendtermin bei der Mitgliederehrung des SPD-Ortsvereins Weilerswist, und anschließend war ich mit meiner Freundin zu Hause. Sie heißt Verena Bartsch.« Dann verschwand er wieder.

* * *

Immer wieder musste Jan an diesen Schüttler denken. Wie arrogant dieser Typ doch gewesen war. Das hatte sich Jan auch noch mal von einem freien Mitarbeiter der Zeitung bestätigen lassen, der vor dem Redaktionsgebäude rauchte, als Jan die *Eifeler Allgemeine* verließ. Als Jan sich am frühen Nachmittag dem Haus der Albrechts näherte, kam ihm irgendetwas merkwürdig vor. Das Haus der Familie Albrecht war ein Reihenendhaus, das auf einem großzügigen Eckgrundstück mit großem Garten stand, der trotz einer blühenden Hecke von der Seite ein wenig eingesehen werden konnte.

Der Tag stand immer noch im Zeichen der Hitzewelle, und Jan entdeckte die Albrechts im Garten. Alle drei trugen Badebekleidung, und als Markus Albrecht den Kommissar sah, sprang er von seinem Liegestuhl auf und ging zum Gartentor.

»Was tun Sie denn schon wieder hier?«, fragte Albrecht gereizt.

»Darf ich kurz reinkommen? Es dauert auch nicht lange«, sagte Jan freundlich.

Wortlos öffnete Albrecht das Tor. Jan trat ein und grüßte leise.

»Du bist sicher Lena«, sagte Jan zu einem zierlichen Mädchen, das im Planschbecken saß und mit den Armen ruderte. Er hatte es sofort von den Fotos wiedererkannt.

Lena sah Jan misstrauisch an und blickte dann auf die Wellen, die sie mit den Armen erzeugte.

»Ich bin gekommen, um mich für die nächtliche Störung zu entschuldigen«, sagte Jan höflich. »Uns ist natürlich bewusst, welche Unannehmlichkeiten wir Ihnen bereitet haben.«

»Wir hatten danach eine unruhige Nacht, vor allem, weil Lena wach geworden ist«, sagte Albrecht kalt.

»Das tut mir leid«, log Jan. »Wissen Sie, wir hatten einen Hinweis bekommen, dass Lena etwas zugestoßen sein sollte. Und dem mussten wir natürlich nachgehen.«

Jan sah zu Lena. Sie hatte plötzlich mit den Ruderbewegungen aufgehört und saß wie zu Eis erstarrt im Becken.

»Das verstehen wir«, sagte Sara Albrecht und sah zu Lena. »Alles gut, mein Schatz. Entschuldigung angenommen. Aber Sie sehen ja: Lena ist hier, und uns geht es gut.«

Albrecht sah ihn streng an. »Wenn Sie uns dann jetzt entschuldigen würden, Sie machen unserem Kind Angst. Und wie Sie sehen, möchten wir alle die Sonne genießen.«

»Sie haben heute frei?«

»Wir sind beide Lehrer«, erklärte Markus Albrecht. »Ich weiß, was Sie jetzt denken: toller Job, nur halbtags zu arbeiten. Ha, ha, ha. Wissen Sie: Wir haben die letzten Wochenenden immer durchgearbeitet, weil die Klausuren vor den Zeugniskonferenzen fertig werden mussten. Jetzt stehen die Noten der Schüler fest, und wir haben uns mal ein paar ruhige Nachmittage verdient.«

Jan nickte und dachte scharf nach, während er die Albrechts anlächelte. »Ja, dann einen schönen Tag noch«, sagte er und machte sich auf den Weg zum Gartentor. Dann drehte er sich aber noch mal um. »Ach«, sagte er gespielt. »Aber – falls der anonyme Verdacht doch stimmt und Ihre Tochter wirklich entführt worden ist, würde ich Ihnen raten, nun, wo sie wohlbehalten wieder da ist, mit uns zusammenzuarbeiten. Psychologische Nachbetreuung des Kindes ist wichtig, verstehen Sie? Und wir können viel tun, um die Täter zu finden. Zu befürchten haben Sie ja nun nichts mehr. Wir würden Ihnen sogar Polizeischutz gewähren.«

»Was wollen Sie eigentlich von uns?«, fragte Albrecht gereizt. »Ist das ein Scherz? Oder verbeißen Sie sich da in einen Verdacht, weil Sie im Sommerloch nichts zu tun haben? Ihre Aktion gestern Nacht wird ein Nachspiel haben, wir werden einen Anwalt einschalten. Und unsere Tochter hat es sehr verstört, dass mitten in der Nacht die Polizei vor unserer Tür stand. Auf Wiedersehen, Herr Grimberg.«

Dann verließ Jan das Grundstück und beobachtete aus den Augenwinkeln die kleine Lena. Jetzt wusste er, was ihm so merkwürdig vorgekommen war: Es war viel zu ruhig im Garten einer Familie, deren Kind gerade im Planschbecken spielt. Unangenehm ruhig.

Er drehte sich noch einmal um und glaubte, Lena Albrecht weinen zu sehen. Aber so genau konnte er das durch die Büsche nicht erkennen. Was war hier los? Es gab keine Anhaltspunkte für eine Entführung, aber irgendetwas stimmte hier nicht, sagte ihm sein Gefühl.

Für heute hatte Jan aber noch einen anderen Termin im Kalender stehen, den er wahrnehmen musste. Er setzte sich in sein Auto und fuhr in Richtung Hagen.

* * *

Die Sonne brannte erbarmungslos auf den gelben Fiesta, in dem die Frau saß, die vor dem Hannah-Arendt-Gymnasium in Bad Münstereifel im Halteverbot stand und auf ihren Sohn wartete. Die heiße, trockene Luft schnürte ihr die Kehle zu. Die Klimaanlage im Auto war kaputt, und das offene Fenster ließ mehr Wärme herein, als dass es zur Abkühlung beitrug. Eigentlich wäre in diesem Jahr ein neues Auto fällig gewesen. Wenn sie einen Kredit bekommen hätten.

Sie sah auf die Uhr. Fünfzehn Uhr dreiunddreißig. Wo blieb er nur so lange? Es war eigentlich nicht seine Art, sie so lange warten zu lassen. Erst recht nicht, wenn sie ins Freibad wollten.

Sie versuchte, im Gewimmel der unzähligen Schüler, die aus dem Schulgebäude strömten, ihren Sohn ausfindig zu machen. Dann strich sie sich mit einem Tuch den Schweiß vom Gesicht. Sie lehnte den Ellbogen auf das Lenkrad und stützte ihren Kopf ab. Sie warf einen Blick auf die Rückbank, als müsste sie sich vergewissern, dass ihr Junge nicht doch schon hinten saß. Auf der Rückbank lag nur die Sporttasche, die sie mit Proviant für den Ausflug gepackt hatte. Mit der linken Hand strich sie sich mehrmals über das eintätowierte L auf ihrem

Oberarm, als könnte sie so beschwören, dass ihr Kind zu ihr kam.

Ein Van drängelte sich an ihrem Fiesta vorbei, und ängstlich schielte sie auf die rechte Seite des Fahrzeugs, weil sie befürchtete, er könnte ihr eine Schramme ins Auto fahren. Als der Van endlich vorbeigefahren war, sah sie noch mal auf die Uhr. Seit exakt fünfundzwanzig Minuten wartete sie nun. Sie beschloss auszusteigen, das Halteverbot zu ignorieren und in die Schule zu gehen. Das Schulgebäude war nun deutlich leerer geworden. Kaum ein Schüler kam noch aus dem Eingang. Das Foyer war menschenleer. Sie eilte die Treppe hinauf, zum Klassenzimmer der 5b. Auch hier war niemand. Dann fiel ihr plötzlich ein, dass ihr Sohn bestimmt noch ein Brötchen in der überfüllten Cafeteria holen wollte und nun sicherlich in der langen Schlange nach vorne gerückt war. Sie rannte schnell zum Schulcafé, um ihn dort noch zu erwischen. Rannte vorbei an den Klassenfotos, die an der Wand hingen, beachtete gar nicht die schönen Grünpflanzen in den Gängen des Neubaus und rüttelte schließlich an der Tür des Cafés, aber sie war verschlossen. Ihr Kind war nicht nach dem Unterricht in die Cafeteria gegangen, um sich ein Brötchen zu holen. Aber wo zum Teufel war ihr Sohn denn? Jetzt fiel ihr nur noch eine Möglichkeit ein: Der kleine Schussel hatte vergessen, dass Mama ihn heute von der Schule abholte, und war zur Bushaltestelle gelaufen. Vermutlich hatte sein Deutschlehrer die Theater-AG heute fünf bis sieben Minuten früher beendet, ihr Kind hatte die Schule verlassen, bevor sie mit dem Fiesta vorgefahren war, und nun stand er an der Bushaltestelle.

Wenn sie sich beeilte, konnte sie ihn dort noch abfangen.

Sie sprintete los und verlor dabei eine Sandale. Sie rannte weiter, beachtete nicht die Blicke der wenigen Schüler auf ihren nackten Fuß, setzte sich ins Auto, das nun einer Sauna glich, und startete den Motor. Eine Minute später fuhr sie an der Bushaltestelle vorbei, an der kein Schüler mehr stand. Nervös schob sie sich die langen, blonden Haare hinter die Ohren.

Gott sei Dank, dachte sie ängstlich. Er ist auf dem Weg nach Hause.

Als sie zwanzig Minuten später dort ankam, stand sie alleine im Haus. Ihr Kind war nicht da. Der Bus müsste längst hiergewesen sein, dachte sie verzweifelt. Und dann konnte sie es nicht mehr verleugnen: Irgendetwas stimmte hier nicht.

Panisch suchte sie das Telefon und rief ihren Mann an. Als der abhob, konnte sie zunächst nur weinen.

Ihr Mann kam schließlich früher von der Arbeit zurück und versuchte immer noch, ruhig zu bleiben. Sie wusste, dass er es gut meinte, aber zugleich warf sie ihm insgeheim vor, sich keine Sorgen zu machen. Alle Freunde ihres Sohnes hatte sie nun durchtelefoniert. Seinen Klassenlehrer hatte sie angerufen. Alle hatten bestätigt, dass sie ihren Sohn heute in der Schule gesehen hatten. Aber niemand wusste, wo der Junge stecken könnte.

Während ihr Mann weiterhin beruhigend auf sie einredete und nach vernünftigen Erklärungen suchte, warum der Junge nicht da war, hielt sie es nicht mehr aus, lief über die Straße, ignorierte die Blicke der Nachbarn, weil sie immer noch nur eine Sandale trug, und stammelte vor sich hin: »Das gibt's doch nicht. Das gibt's doch nicht. Er ist einfach weg!«

Schließlich atmete sie auf. Keine hundert Meter von ihr entfernt sah sie ihn. Ihr kleiner Engel saß mit dem Rücken zu ihr auf einer Bank am Rande des Spielplatzes. Er hatte sich wohl ein schattiges Plätzchen gesucht und war ganz versunken in sein I-Phone. Sie legte zwei Schritte zu und lief zu ihm.

»Da bist du ja, wir haben dich überall gesucht«, sagte sie liebevoll, ganz ohne Vorwürfe, während sie ihn von hinten umarmte.

Doch sie erntete nur einen grimmigen Blick von dem fremden Jungen, den sie im Arm hielt und der ihrem Sohn gerade so ähnlich gesehen hatte.

Beschämt lief sie weiter.

Gedanken kamen und gingen.

Er ist jetzt gerade zu Hause, während du ihn hier suchst.

Nein, er ist von einem Lastwagen überrollt worden.

Er hat dich missverstanden und ist alleine zum Schwimmbad gefahren, wo er besorgt auf dich wartet.

Er wurde entführt. Gleich ruft jemand an, der eine halbe Millionen Lösegeld fordert. Woher das Geld nehmen?

Dein eigener Sohn hält dich zum Narren. Er hat sich irgendwo versteckt und kommt gleich lachend zur Tür herein, weil er euch ärgern wollte.

Ein Perverser macht gerade ganz schlimme Dinge mit ihm.

Er wurde auf dem Schulhof entdeckt, zu einem Casting eingeladen und spielt demnächst in einer Kinoproduktion mit. So etwas kommt vor.

Er ist von zu Hause abgehauen, weil du ihm damit gedroht hast, sein Handy-Guthaben zu sperren.

Schließlich hielt sie sich die Ohren zu und schrie jeden an, der an ihr vorbeilief: »Wo ist mein Sohn?«

* * *

Zwei Stunden nachdem er in der Eifel losgefahren war, saß Jan im Besucherraum der Justizvollzugsanstalt Hagen. Die vergitterten Fenster wirkten an diesem sonnigen Tag noch trostloser als üblich. Die Insassen konnten nicht einfach ins Freie gehen und das schöne Wetter genießen. In so einem Moment verstand Jan, was eine Gefängnisstrafe bedeuten konnte. Und was es für ihn hieß, diese Strafen zu ermöglichen. Das Eingesperrtsein konnte vielleicht an manchen Tagen grausamer sein als die Todesstrafe. Aber auf der anderen Seite des Gitters, irgendwo da draußen, gab es gerade in diesem Augenblick auch Frauen, die um ihre toten Männer, Kinder, die um ihre toten Mütter, Eltern, die um ihre toten Kinder trauerten – weil einer von denen hier drinnen sie umgebracht hatte. Wer hier einsaß, hatte häufig Leid in die Welt gebracht, das nicht mehr gutgemacht werden konnte. Die Strafe, viele Jahre hier sein zu müssen, war in solchen Fällen wohl beides: grausam und gerecht.

»Kollege!«, begrüßte ihn eine raue Stimme. Jan wollte aufstehen, aber Ralf Steiner winkte ab. »Bleib sitzen, Junge.«

»Lange nicht gesehen«, sagte Jan.

»Lag nicht an mir – ich war die ganze Zeit hier«, konterte Steiner, und beide mussten lachen.

Inzwischen hatten Jan und Steiner wieder ein entspanntes Verhältnis zueinander aufgebaut, auch wenn Jan ihn, ausgerechnet seinen Kollegen und Mentor, vor einigen Jahren eingebuchtet hatte, wie man im Kripo-Deutsch sagte.

»Die Besuchszeiten sind halt sehr begrenzt – da bekomme ich auch keine Ausnahmen«, entschuldigte sich Jan.

»Hast du mir was mitgebracht?«, fragte Steiner ungeduldig.

Jan reichte ihm eine Stange Zigaretten.

»Danke«, sagte Steiner artig. »Hast du mir noch mehr mitgebracht?«

»Noch mehr? Ach Shit – ich hab die Feile vergessen.«

Wieder lachten beide. Jan merkte, wie gut es tat, Steiner mal wieder zu sehen. Ihre Freundschaft war mehr als ungewöhnlich. Beide brauchten einander gelegentlich.

»Na, du weißt schon«, flüsterte Steiner. »Futter für die Seele.«

Jan verstand. Als alter Kripo-Hase konnte Steiner es nicht lassen, sich hin und wieder mit Kriminalfällen zu beschäftigen. Auch wenn Jan ihm eigentlich nichts sagen durfte. »Es gibt viel zu tun«, sagte Jan unbestimmt.

»Also ein neuer, großer Fall?«, fragte Steiner erwartungsvoll.

»Mehrere kleine einzelne Fälle, die sich in den letzten Tagen angehäuft haben. Könnte sein, dass es Morde sind. Na ja, nicht nur …«

»Interessant, interessant«, warf Steiner mit gespielter Intellektuellenmiene ein. »Innen- oder Außenmorde?«

»Wie?«

»Na ja, wurden die Morde in der Wohnung oder in der freien Natur ausgeführt? Für mich macht das einen bedeutenden Unterschied.«

Der ehemalige Kriminalhauptkommissar Steiner war immer noch ein guter Analytiker, der wichtige Dinge kombinieren konnte, stellte Jan fest. Auch wenn die Frage Steiners eigentlich banal war, vermutete Jan, dass sich daraus am Ende eine interessante Erkenntnis gewinnen ließ.

»Beide wurden draußen verübt«, sagte Jan und korrigierte sich sofort: »Wäre zumindest möglich.«

Steiner und Jan hatten sich darauf verständigt, immer nur auf der Möglichkeitsebene zu bleiben, wenn sie über Dienstliches sprachen. Damit ihm niemand vorwerfen konnte, dienstliche Geheimnisse auszuplaudern.

»Dann waren es wohl nicht unbedingt Beziehungstaten. Auch wenn das möglich wäre«, folgerte Steiner. »Aber die Räumlichkeit draußen schließt auch andere Optionen mit ein: Serienmörder, Zufallsmörder, Triebtäter …«

»Stimmt. Das würde es nicht einfacher machen.«

»Orte?«

»Eher ungewöhnlich.«

»Freilichtmuseum Kommern?«, stichelte Steiner.

»Hör auch damit!« bremste ihn Jan. »Kennst du die Kakushöhle?«

»Natürlich kennt man die, wenn man mal in der Eifel gelebt hat. Wollte letztes Wochenende noch mal hin, aber war verhindert.«

»Sehr witzig.«

»Ritualmord in der Höhle?«, fragte Steiner.

»Sieht es nach Ritual aus, wenn eine ältere Frau vom Kartsteinfelsen gestoßen wurde?«

»Das ist wohl nur ein Ritual, wenn der Mörder so etwas öfter macht. Oder nur bei Vollmond.«

Jan musste wieder grinsen. »Scheidet beides aus. Der Ehemann könnte es gewesen sein, streitet es aber ab«, fuhr Jan fort.

»Ach was.«

»Ich glaube auch nicht, dass er es war. Aber Wagner hält daran fest.«

»Wagner ist ein Schwachkopf, daran halte ich fest. Hast du eine andere Theorie?«

»Nein, ich denke auch, dass Wagner ein Schwachkopf ist. Manchmal zumindest.«

»Wegen des Kakushöhlenmordes meine ich natürlich.«

»Nein.«

Steiner lehnte sich zurück und verschränkte die Arme hinter dem Kopf. Nach einem Moment des Nachdenkens sagte er: »Sieht jedenfalls nicht nach Triebtäter aus. Und der andere Fall?«

»Eine jüngere Frau wäre im Zülpicher See ertränkt worden.«

»Also wieder eine Frau«, bemerkte Steiner. »Wie viele Tage lagen zwischen den Morden?«

»Vermutlich zwei.«

Steiner pfiff. »Warum sagst du, dass das ein anderer Fall ist?«

»Was meinst du?«, fragte Jan.

»Na, du sagtest, dass das zwei Fälle sind, die nichts miteinander zu tun haben.«

»Ja …«

»Was macht dich da so sicher, Kollege Grimberg?«

Jan überlegte einen Moment. Natürlich war ihm der Gedanke auch schon gekommen, aber er hatte ihn gleich wieder verworfen. »Es gibt keine erkennbare Verbindung zwischen den beiden Opfern. Und sie wurden auf völlig unterschiedliche Weise getötet. Die eine in die Tiefe gestoßen, die andere ertränkt.«

Steiner grinste. »Und du siehst da keine Verbindung? Das ist doch offensichtlich, dass es eine Gemeinsamkeit gibt.«

Jan sah Steiner verdutzt an.

»Junge, denk doch mal nach: Beide Mörder haben keine Waffe benutzt.«

Jan nickte. »Das heißt, dass es nicht unbedingt ein Profi war, der die Frauen ermordet hat.«

»Richtig«, antwortete Steiner. »Vielleicht ein ganz normaler Mensch wie du. Vielleicht ein Zufallsmörder, der seine Opfer im Vorbeigehen ausgesucht und dann spontan getötet hat.«

»Aber wer macht so etwas?«

Steiner faltete die Hände. »Beim Motiv musst du erst mal kreativ sein und Arbeitshypothesen bilden. Möglichkeiten, die zum Mörder führen. Also los!«

Jan dachte kurz nach, dann fabulierte er drauflos: »Wir haben kein Motiv, dann nehmen wir der Einfachheit halber einmal an, der Mörder hat auch keins. Er sucht sich also Opfer aus, die er zufällig irgendwo draußen findet. Bereitet es ihm Lust? Sexuelle Lust?«

»Dafür spräche, dass die Opfer Frauen waren. Aber eine ältere und eine eher jüngere, sagst du? Das lässt erst einmal kein Muster im lustvollen Töten erkennen. Streichen wir die Hypothese vom sexuellen Motiv. Warum tötet der Mörder sonst Zufallsopfer?«

»Kein Hinweis auf ein Ritual, keine persönliche Beziehung, keine Rache – er tötet einfach so. Weil er wissen will, wie es ist zu töten?«

»Ja, warum nicht?«

»Klingt abwegig, aber nicht unmöglich«, gab Jan zu.

»Plausibler könnte es werden, wenn wir das Motiv des Täters konkretisieren. Nehmen wir mal einen sterbenskranken Menschen, der nichts mehr zu verlieren hat und kurz vor seinem Tod einfach nur wissen wollte, wie es ist, jemanden zu töten.«

»Du hast echt Abgründe, Ralf.«

»So einen ähnlichen Fall hatte ich vor zwanzig Jahren wirklich mal.«

»Aber warum sollte er dann zwei Menschen töten?«

»Den ersten hat er einfach nur in den Abgrund gestoßen, richtig?«

»Richtig. Und?«

»Er musste also gar nicht viel machen und hat gar nicht viel gespürt, als er ein Leben beendet hat. Also wollte er es noch mal versuchen und diesmal mehr aus eigener Kraft morden. Also hat er eine zufällig vorbeikommende Frau ertränkt.«

»Keine schlechte Hypothese.«

»Die aber auch falsch sein könnte«, gab Steiner zu bedenken. »Aber versuch doch mal, damit zu arbeiten.«

Jan seufzte. »Dann muss ich wohl beide Fälle noch mal ganz von vorne betrachten.«

»Willkommen bei der Kripo«, lachte Steiner. »Ich vermisse den Laden manchmal ganz schön …«

Jan sagte nichts.

»Ich weiß …«, sagte Steiner.

»Dabei habe ich schon genug an der Backe. Aber vielleicht war ich einfach zu blockiert in den letzten Tagen, weil ich meine Zeit zu sehr mit der angeblichen Entführung verschwendet habe.«

»Was denn noch? Eine Entführung?«

Jan erzählte Steiner im Konjunktiv von den Albrechts.

»Warum sagst du, dass das auch ein anderer Fall ist? Warum schließt du von vornherein aus, dass es da einen Zusammenhang geben könnte?«

Jan überlegte. »Weil es zwei völlig unterschiedliche Verbrechen sind, würde ich sagen. Oder worin siehst du den Zusammenhang?«

»Ich habe nicht gesagt, dass es einen Zusammenhang gibt, sondern nur, dass man mal darüber nachdenken sollte. Die Besuchszeit ist um, wie schade. War schön, dass du mich mal wieder besucht hast, Kleiner.«

»Gern geschehen«, sagte Jan. »Trotzdem schade, dass es so weit kommen musste.«

»Du weißt, was ich darüber denke«, sagte Steiner und lächelte. Jan lächelte zurück. Er wusste ja, dass es keinen Sinn hatte, jetzt noch mit Steiner darüber zu streiten, warum er damals drei Menschen aus Rache ermordet und Jan bei den Ermittlungen in die Irre geführt hatte.

* * *

Beim Abendessen dachte er unentwegt daran, was er getan hatte. Ja, was eigentlich? Ein Unrecht?

Was war Recht? Wohl nicht das Gesetz. Manchmal standen schließlich Paragrafen im Gesetz, die auch zu Unrecht verleiten konnten.

Moral? Das meinten wohl die meisten Menschen, wenn sie sagten, dass sie Unrecht getan hätten. Dass es moralisch falsch war, was sie getan hatten. Aber wo sollte die Moral herkommen? Von den zehn Geboten? Die zehn Gebote waren Idiotenregeln. Jeder Depp konnte sie einhalten: Den Sonntag heiligen, nicht stehlen, nicht töten und Gott einen lieben Mann sein lassen – dafür brauchte man doch nur zu Hause auf dem Sofa zu sitzen und nichts zu tun. Außerdem war er sich sicher, dass der Himmel leer war. Und wenn es keinen Gott gab, der den Menschen Anweisungen für gutes Handeln geschenkt hatte, wer dann? Jesus? Der Einzige, der sich an die Bergpredigt je gehalten hatte, war Jesus selbst gewesen, und zum Dank wurde der bekanntlich dafür ans Kreuz genagelt.

Oder gab es eine allgemeine Moral, die jeder Mensch als vernünftig einsehen konnte?

Auch das musste er verneinen. Denn wenn man genauer hinsah, handelte doch kaum ein Mensch moralisch, weil er es für vernünftig hielt, sondern weil ihm die Moral selbst nützte.

Es war doch kaum zu unterscheiden, ob ein Mensch einem anderen half, weil er aus Überzeugung Gutes tun wollte, oder ob sich der Helfer dabei einfach gut fühlte – oder sogar Anerkennung erhoffte. Wie viele Reiche oder Unternehmen spendeten aus moralischer Überzeugung? Sie alle wollten doch nur ihr Image aufpolieren.

Was aber noch viel wichtiger war: Wenn es dem Menschen um seine nackte Existenz ging, dann war die ganze Moral doch nur Blendwerk.

Er aß seinen Salat auf.

Er hatte Unrecht getan, und er fühlte sich dabei nicht schlecht. Nein, es fühlte sich sogar gut an. Auch, weil dieses Unrecht einer besonderen Einsicht diente.

Er stand auf und ging in den Flur. Andächtig blieb er wieder vor dem Bild mit der explodierenden Wiese stehen. Jeden Tag fühlte er sich Darian wieder ein Stück verbundener. Sein Onkel war ihm wieder näher als in den letzten gut zehn Jahren. Dann ging er in den Keller und brachte kurz darauf einen noch vollen Teller Suppe mit hoch.

* * *

Lena war so erschöpft, dass sie schnell eingeschlafen war. Sara hatte darauf bestanden, dass sie ihr Kind ins Bett bringt. Nun sah Markus nach ihr und betrachtete das friedliche, unschuldige Gesicht seiner schlafenden Tochter. Beinahe hätte man glauben können, es sei alles wie immer.

Markus Albrecht schob Lena sanft ein Stück zur Seite und legte sich zu ihr. Mit seinem rechten Arm umklammerte er sie und wollte nie wieder loslassen. Tränen liefen über seine Wangen. Bilder schossen durch seinen Kopf: Lenas Geburt, bei der er selbstverständlich dabei gewesen war. Lena mit Bauchschmerzen auf seinem Arm. Lena, wie sie ihn zum ersten Mal anlachte. Lenas erste Schritte. Lena, wie sie Fahrrad fahren lernte. Lenas

Einschulung. Lena, wie sie ihm in die Arme lief. Sie liebte ihren Papa – weil er so vollkommen für sie da war.

Und plötzlich war ein störendes Gefühl da.

Es fühlte sich falsch an, sein Kind im Arm zu halten.

Seine eigene Tochter ekelte ihn an. Angewidert sprang er aus dem Bett, keuchte vor Aufregung, starrte entsetzt Lena an und konnte es nicht glauben.

Es fühlte sich falsch an, Lena noch länger zu lieben.

Wieder schossen Tränen aus seinen Augen, aber keine Tränen der Sorge, Rührung oder Liebe, sondern Tränen des Hasses.

Wie konnte dieses Wesen, das dort lag, es noch länger wagen, in seinem Haus zu leben?

Markus Albrecht drückte beide Hände gegen seinen Kopf, weil er diese Gedanken nicht hören wollte. Doch sie waren da, und sie waren wahr, das wusste er.

Panisch rannte er aus Lenas Zimmer, ging ins Wohnzimmer und goss sich einen Whisky ein.

Eine Stunde später war er völlig betrunken. Er merkte nicht einmal, dass seine Frau inzwischen bei ihm im Wohnzimmer saß und ihn angewidert anblickte.

* * *

In der Nacht hatte er einen seltsamen Traum. Er befand sich inmitten einer großen Gesellschaft beim Abendessen. Sie saßen an einem langen Tisch, in der Mitte Darian, rechts daneben sein Vater und einige Gäste, die er mehr oder weniger gut kannte: der Pfarrer von Blankenheim, ein ehemaliger Lehrer von ihm, eine Frau aus der Nachbarschaft, ein Vater eines Schulfreundes, der Richter war, und eine junge Dame, die in der Bäckerei hinter der Theke arbeitete. Links von Darian saßen lauter fremde Menschen, und am Ende der Reihe hatte er selbst Platz genommen.

»Gedenkt meiner«, sagte Darian feierlich und hob das Glas. Er nippte an seinem Wein, und als ihm die Flüssigkeit aus seinem Mund wieder rauslief, sah er, dass Darians Glas mit Blut gefüllt war.

»Gedenkt meiner«, wiederholte Darian.

Die Gäste applaudierten, und plötzlich erkannte er die Frau, die neben ihm saß. Es war Darians Freundin Sabine. Sie war kalkweiß im Gesicht, ihre Augen waren starr. Beunruhigt zupfte er an ihrem Ärmel.

»Vergiss sie, Junge!«, rief ihm Darian zu. »Sie ist doch schon lange tot. Vergiss sie, ich habe sie auch längst vergessen! Aber gedenkt stattdessen meiner!«

Wieder applaudierten die Gäste.

Dann brach Darian ein ganzes Brot in zwei Hälften und sprach: »Das ist doch nur ein Laib. Nur ein Laib. Nichts weiter!« Er sah in die Runde und fuhr fort: »Ihr hättet es doch auch getan, oder?«

Lautes Gelächter und zustimmendes Nicken.

Als er noch mal neben sich sah, war Sabine verschwunden.

Dann wachte er auf. Er atmete viel zu schnell und war in Schweiß gebadet. Hektisch versuchte er, sich in der Dunkelheit zu orientieren. Erst als er die Uhr fand, beruhigte er sich. Es war vier Uhr in der Nacht. Sein Atem wurde ruhiger, dann lachte er still vor sich hin.

8. Kapitel

8. Juli 2016

Er hatte am Morgen beschlossen, nicht in den eigenen vier Wänden zu frühstücken. Nun saß er im Café am Alten Markt und ließ den Blick über das morgendliche Treiben in der Euskirchener Innenstadt gleiten. Es war ein herrlicher Morgen, der Sommer schien nie enden zu wollen. Matthias rückte seine Sonnenbrille zurecht und bewegte seinen Kopf wie eine Überwachungskamera langsam von einer Seite zur anderen. Er überlegte, wer die Menschen waren, die durch sein Blickfeld liefen. Ein Mann im Blaumann mit Schnurrbart und schütterem Haar schlenderte mit einer Brötchentüte in der Hand an ihm vorbei. Sein Gang war schwerfällig. Vielleicht machte ihm die harte Arbeit zu schaffen. Eine ältere Frau ging mit einem Jungen an der Hand vorüber. Vermutlich ihr Enkel. Der Anblick machte ihn wütend. Warum kümmerten sich die Eltern nicht um das Kind, verdammte Scheiße? Ein südländisch aussehender Mann mit hübscher Frisur hielt ein Handy am Ohr.

Geschäftsmann? Oder Mafiakiller? Mit dem wollte er sich lieber nicht anlegen.

Und dann fiel ihm ein Yuppie auf, der ungefähr in seinem Alter war und einen Aktenkoffer unter den Arm geklemmt hatte, als wäre er ein Teil von ihm. Dieser Mann interessierte ihn, und Matthias legte einen Zehn-Euro-Schein auf den Tisch und stand auf, um ihn nicht aus dem Blick zu verlieren. Matthias nahm die Verfolgung auf.

* * *

Lissys Gegenstände hatte er schon in die Kisten geräumt. Ihr Leichnam lag nun unter der Erde, ihr Leben war damit unwiederbringlich zu Ende. Für Steffen Weber war es an der Zeit, abzuschließen mit seinem Leben als Ehemann. Seine Frau Elisabeth Weber war nicht mehr. Ihre Kleidungsstücke, ihre Bücher, ihr Brautkleid, ihr Schmuck und ihre hübschen Vasen wirkten nun fremd in diesem Haus. Er hatte beschlossen, alles wegzupacken. Seit ihrem Tod fühlte er sich jeden Tag besser, und es wunderte ihn selbst, dass er den Verlust so gut verkraftete. Auch wenn er sich noch nicht vollends an den Gedanken gewöhnt hatte, dass seine Lissy nicht mehr da war. Letzte Woche noch war er mit ihr im Musical gewesen: *Tanz der Vampire*. Sie hatten die bombastische Show genossen und viel gelacht, vor allem, als der schwule Vampir Herbert hinter dem armen Vampirjäger Alfred her war, als dieser sich in das Schloss gewagt hatte, in dem das Böse lauerte.

Und jetzt war alles anders.

Steffen Weber wollte gerade eine volle Kiste in den Keller bringen, als es klingelte.

Hoffentlich nicht schon wieder die Polizei, dachte Weber genervt und stellte die Kiste ab.

Vor der Tür stand ein junger, etwas schlaksiger Mann mit einem seltsamen Blick. Er war noch nicht sehr alt, hatte aber schon eine Halbglatze und einen Gewerkschafterbart.

»Entschuldigen Sie«, sagte er.

»Ja?«, fragte Steffen Weber.

»Ich habe das Schild draußen gesehen«, sagte der Mann.

Steffen Weber stutzte. Er hatte nicht gedacht, dass so schnell jemand anbeißen würde. »Ich habe es heute Morgen erst aufgestellt«, sagte er.

»Also steht Ihr Haus zum Verkauf?«, fragte der junge Mann unsicher.

»Ja«, sagte Steffen Weber entschlossen. Sollte es jetzt wirklich so schnell gehen, dass er sein Heim aufgeben konnte? Vielleicht ist es ein gutes Omen, dachte er. »Möchten Sie reinkommen? Es ist gerade zwar sehr unaufgeräumt, aber das muss Sie nicht stören. Sie können sich trotzdem ein erstes Bild von dem Haus machen.«

»Ich weiß nicht«, antwortete der Mann zögerlich. »Ich möchte ja nicht stören. Ich wollte nur wissen …«

»Kommen Sie«, lud Weber ihn freundlich ein und zog ihn sanft am Arm. »Sie bekommen auch eine Tasse Kaffee dazu.«

Der Fremde trat ein, und Weber schloss die Tür.

»Hier lang«, sagte Weber. »Das Wohnzimmer.«

»Ah«, murmelte der Mann und sah sich die Wände an, an denen gestern noch viele Bilder gehangen hatten. »Schöne Aussicht«, sagte er dann und warf einen Blick aus dem Fenster, wo er auf die dunkelgrünen Tannen sah. Ein Eichhörnchen sprang auf einen der Bäume. »Überhaupt sehr schön hier. Nette Gegend. So friedlich.«

Weber sagte nichts und holte den Kaffee. »Zucker? Milch?«

»Einfach schwarz, danke«, sagte der Mann.

»Wollen Sie mal das Schlafzimmer sehen? Es ist oben.«

Der Mann nickte und folgte ihm stumm.

Komischer Kauz, dachte Weber.

Als sie angekommen waren, sagte der junge Mann: »Sie haben viel Platz hier. Meine Familie und ich, wir suchen nämlich ein neues Zuhause, das größer ist als unser jetziges Heim. Wir haben eine Tochter. Antonia.«

Weber nickte stumm.

»Ist das Ihre Frau?«, fragte der Mann und deutete auf das Bild auf Webers Nachttisch.

»Ja. Sie ist kürzlich verstorben.«

»Oh, das tut mir sehr leid.«

Der junge Mann ließ die Augen durch den Raum gleiten. Als er sich von Weber ertappt fühlte, steckte er nervös die Hände in die Hosentaschen.

»Wollen Sie noch den Keller sehen? Wir haben sogar eine Sauna«, sagte Weber und bemerkte dann erst, wie selbstverständlich er noch »wir« sagte. Er führte den Gast zwei Stockwerke nach unten und zeigte ihm den Hobbyraum, in dem sich die Sauna befand.

»Wirklich schön, doch«, sagte der Mann. Er wirkte mit jeder Minute nervöser.

Steffen Weber stimmte ihm still zu. So wie der Fremde ließ auch Weber seine Augen durch den Raum gleiten, als sähe er das Haus zum ersten Mal. Es ist wirklich schön hier, dachte Weber. Der Gedanke, das Haus zu verkaufen, zerriss ihn innerlich. Einerseits wollte er nicht weg. Andererseits wusste er, dass er hier auch nicht einfach bleiben konnte – das würde ihn zugrunde richten.

Weber sah den jungen Mann an, der sich mit gespieltem Interesse die Kellersauna ansah, die Weber vor zwanzig Jahren eigenhändig gebaut hatte. Vielleicht würde er das Haus ja schneller verkaufen können als erwartet. Wenn das wirklich so wäre, könnte er noch vor Jahresende die Eifel verlassen und an der Nordsee neu anfangen. Alles hinter sich lassen und ins Leben zurückfinden.

Der junge Mann begutachtete die Sauna wie jemand, der sich überhaupt nicht mit so etwas auskennt. Vermutlich hatte dieser Mann noch nie in einer Sauna geschwitzt. Der Mann bemerkte Webers Blick und lächelte verlegen. Dabei fiel Weber etwas auf, das er nicht näher bestimmen konnte. Irgendetwas erschien ihm an diesem Mann merkwürdig. Er hatte das Gefühl, dass dieser Fremde, den er ins Haus gelassen hatte, nicht wirklich daran interessiert war, diese Immobilie zu kaufen. Weber sah ihn weiter unauffällig an.

Und wie der Mann so Webers Eigenheim inspizierte, dämmerte es ihm plötzlich!

Weber entschuldigte sich und ging in den Nebenraum, in dem er sich eine kleine Werkstatt eingerichtet hatte. Er sah sich in seinem eigenen Keller um. Dann fand er auf einer Kommode schließlich das, was er suchte. Er nahm den Zimmermannshammer in die rechte Hand. Dann blieb er im Türrahmen stehen, während sich der Kaufinteressent mit dem Rücken zu ihm immer noch die Sauna ansah.

Mit leisen Schritten näherte sich Weber. Einen Moment lang war es ganz still.

»Wie viel soll das Haus eigentlich kosten?«, fragte der Mann plötzlich und drehte sich zu ihm um.

Weber versteckte den Hammer hinter seinem Rücken. Ihm fiel ein, dass er noch gar nicht genau über den Preis nachgedacht hatte.

»Ich bin mir noch nicht ganz sicher. Vielleicht lassen Sie mal Ihre Nummer hier, und ich melde mich dann morgen und teile Ihnen meine Preisvorstellung mit.«

»Jaja …«, sagte der Mann geistesabwesend.

»Wissen Sie, ich hatte noch keine Zeit, darüber nachzudenken«, fuhr Weber fort und fixierte ihn. »Wegen meiner Frau, Sie verstehen?«

»Hm«, nickte der Mann und kratzte sich am Kopf.

»Sie wurde nämlich kürzlich ermordet.«

»Wie furchtbar«, flüsterte der junge Mann. »Es tut mir leid, dass ich Sie hier gestört habe. Es tut mir leid. Ich hätte das nicht tun dürfen. Ich wollte nicht so plötzlich in Ihr Leben einbrechen. Wissen Sie: Wir suchen doch ein anderes Haus. Es ist wegen Antonia, verstehen Sie? Ich gehe jetzt besser.«

»Ich bringe Sie noch hoch«, bot Weber an.

»Ich finde schon raus«, entgegnete der Fremde.

»Sie wollten mir noch Ihren Namen und Ihre Telefonnummer hinterlassen«, rief Weber ihm hinterher. Dann hörte er, wie die Tür zuschlug.

Das gibt's doch nicht, dachte Weber. Dann lief er zum Telefon.

* * *

Zwei Frauennamen standen auf den großen Methodenkarten, die wie zwei verlorene Eckpfeiler links und rechts oben am Flipchart hingen. Zwei Männernamen hatte Jan Grimberg in die unteren beiden Ecken gepinnt. Er nahm einen Edding in die Hand und malte vier Pfeile: einen von Elisabeth Weber horizontal zu Anita Winkelmann, einen diagonal von Elisabeth Weber zu Anitas Ehemann Jochen Winkelmann. Die anderen beiden Linien führten zu den beiden Frauen und den beiden Männern. Jan trat einen Schritt zurück und versuchte, sich von der Visualisierung inspirieren zu lassen: Gab es eine Verbindung zwischen den beiden Mordfällen? Was könnte Anita Winkelmann mit Elisabeth Weber zu tun gehabt haben? Kannten sich Anita Winkelmann und Steffen Weber? Kannten sich Jochen Winkelmann und Elisabeth Weber? Welches Szenario wäre denkbar? Jan überlegte: Einer der beiden Männer könnte eine Affäre mit der jeweils anderen Frau haben. Winkelmann mit der viel älteren Elisabeth Weber? Er bringt sie um, weil sie vielleicht die Affäre beenden oder alles ausplaudern will, und dann erfährt Winkelmanns Frau auch noch von dem Mord, und er muss auch sie zum Schweigen bringen. Auszuschließen wäre das nicht. Oder umgekehrt: Der ältere Herr Weber liebt Anita Winkelmann. Warum nicht? Weber war für sein Alter noch ein attraktiver Mann. Also: Weber möchte seine Frau aus dem

Weg räumen und stößt sie vom Kartsteinfelsen. Anita Winkelmann bekommt das mit, verliert die Nerven und wird auch von Winkelmann getötet. Beide Male geht der Mörder unprofessionell vor, tötet ohne Waffen. Oder Herr Winkelmann erfährt von der Liebelei und bringt seine Frau um, und jetzt steht Steffen Weber ganz alleine da. Auch denkbar.

Dann fiel Jan noch eine Affären-Variante ein: Die beiden Frauen könnten etwas miteinander gehabt haben, und einer ihrer Ehemänner bringt sie zur Strecke. In allen drei Fällen wären also die beiden Witwer die Hauptverdächtigen. Jan notierte auf den Flipchartbogen: *Affären prüfen!*

Oder es gab noch andere Verstrickungen. Elisabeth Weber könnte den Winkelmanns auf welche Weise auch immer Schaden zugefügt haben, die Winkelmanns bringen sie daraufhin um, und Weber rächt sich an Anita Winkelmann. Jan schrieb auf: *Nach Schädigungen suchen & Alibis der Ehemänner für den jeweiligen anderen Todestag prüfen.*

Als er sich die Grafik, die immer unübersichtlicher wurde, noch mal ansah, bemerkte er noch etwas. Die Diagonalen von den beiden Frauen zu den jeweils anderen Ehemännern kreuzten sich.

Zwei Fremde im Zug, dachte Jan. Ein alter Kriminalroman, in dem sich zwei Männer unbekannterweise im Zug begegnen und am Ende einen Mord »über Kreuz« planen: Der eine soll jeweils die ungeliebte Frau des anderen töten, so dass die beiden Fremden im Zug nicht in Verdacht geraten, weil es keine Verbindung zwischen ihnen und ihren Opfern gibt. Auch eine Möglichkeit.

Und dann blieb natürlich noch die Option eines Serienmörders, der es einfach auf Frauen abgesehen hatte und mehr oder weniger wahllos – oder nach einem der Polizei unbekannten System – mordete.

Das Telefon klingelte.

»Grimberg, Kripo Euskirchen.« In der Leitung war Steffen Weber. Jan setzte sich, nahm Papier und Stift zur Hand. »Herr Weber, was kann ich für Sie tun?«

Weber war so aufgeregt, dass Jan ihn kaum verstand. Er sprach viel zu schnell.

»Was bitte?« Jan schrieb mit, so schnell er konnte und winkte Wagner durch die Scheibe zu. Dann sprach er wieder in den Hörer: »Und warum glauben Sie, dass der Mörder Sie besucht hat?«

* * *

Eine halbe Stunde später saßen Jan Grimberg und Jürgen Wagner bei Steffen Weber zwischen Umzugskartons im Wohnzimmer.

»Ich kann es nicht erklären, aber ich habe so ein ganz klares Gefühl, dass es der Mörder meiner Frau war, der vorhin hier war«, sagte Weber aufgeregt.

Wagner verdrehte genervt die Augen. »Und was sollen wir jetzt tun? Einen fremden Menschen festnehmen, weil Sie so ein Gefühl haben, dass er ein Mörder sein könnte?«

Jan stupste Wagner an, damit er den Mund hielt, und sagte: »Erzählen Sie uns bitte so genau wie möglich, wie er aussah und wie er sich verhalten hat.«

»Ein ganz normaler Mensch, würde ich sagen.«

»Was heißt schon normal?«, fragte Wagner.

»Was meinen Sie mit normal?«, fragte Grimberg.

»Ich habe mir vorher ein Monster vorgestellt, wissen Sie. Ein Mann mit bösen Augen, vielleicht mit kahl rasiertem Kopf und breitem Kreuz und irrem Blick. Aber dieser Mann war einfach – ganz normal. Er könnte ein einfacher Nachbar sein.«

Jan überlegte, ob er im Rahmen der vielen Ermittlungen in den letzten Wochen einen Menschen zuordnen konnte, der auf diese Beschreibung passte. Aber es fiel ihm ad hoc niemand ein.

»Und Sie sind sicher, dass es der Mörder Ihrer Frau war?«, fragte Wagner skeptisch.

»Ich habe es die ganze Zeit gefühlt«, antwortete Weber aus tiefster Überzeugung.

»Na fabelhaft«, entgegnete Wagner und sah Jan genervt an.

»Was?«, fragte Wagner Jan, der seinerseits genervt auf Wagner blickte. »Sollen wir jetzt alle möglichen Menschen einbuchten, bloß weil die Angehörigen der Opfer irgend so ein Gefühl haben, dass das die Mörder ihrer Liebsten sein könnten?«

»Ich glaube, er ist sich sicher«, sagte Jan.

»So, haben Sie das im Gefühl?«, spottete Wagner.

»Ich habe ihm alle Räume gezeigt, verdammt«, sagte Weber. »Ich habe den Feind in mein Haus gelassen.«

»Hat er sich mit Namen vorgestellt?«, fragte Jan.

»Nein. Er wollte mir noch seine Telefonnummer geben, aber dann verließ er plötzlich fluchtartig das Haus.«

»Haben Sie sich bedroht gefühlt?«, fragte Jan weiter. »Glauben Sie, dass er Ihnen auch etwas antun wollte?«

»Da ist schon wieder dieses Wort: glauben. Fühlen«, schnaubte Wagner verächtlich.

»Ich … glaube«, sagte Weber und sah herausfordernd zu Wagner, »dass er wollte, dass ich ihn erkenne. Er wirkte irgendwie … irgendwie unglücklich. Vielleicht wollte er auf diese Weise mit sich selbst ins Reine kommen, indem er sich mir zu erkennen gibt. Vielleicht wäre da noch mehr gekommen, wenn er noch ein wenig geblieben wäre. Möglicherweise eine Entschuldigung oder so etwas.«

»Und warum glauben Sie, dass der Mörder Ihrer Frau zu Ihnen gekommen ist?«, fragte Jan.

Steffen Weber schlug lässig die Beine übereinander. Er wirkte verändert. Er schien gelöst zu sein. So schrecklich die Begegnung mit dem möglichen Mörder auch gewesen sein mochte – er wirkte befreit von der Last, von der Ungewissheit, von der Anonymität des Bösen.

»Ich weiß nicht, wie ich es sagen soll: Ich glaube, er wollte sich – preisgeben. Wie … wenn ein Kind beim Spielen zu lange in einem Versteck hockt und irgendwann den Drang hat, rauszukommen und zu rufen: Ich bin hier. Vielleicht hat ihn sein Gewissen so lange gequält. Ich weiß nicht warum, aber er wollte sich mir zeigen.«

»Glauben Sie, er wusste, dass Sie ihn erkennen – wenn er es denn wirklich war?«, wollte Wagner wissen.

»Ja, ich glaube, er hat gemerkt, dass ich ahne, wer er ist. Auf eine bestimmte Art hat er es gemerkt. Es war so, als wollte sich ein Teil in seiner Seele vor mir verstellen, und ein anderer Teil der Seele wollte, dass ich es weiß.«

»Wir sind hier nicht in einem Esoterik-Seminar, Herr Weber«, murmelte Wagner.

»Mit Ihrem Zynismus kommen wir aber auch nicht weiter«, fauchte Jan seinen Kollegen an.

»Okay, okay«, lenkte sein Kollege ein. »Herr Weber: Wie genau haben Sie das Gesicht des Mannes noch vor Augen?«

»Ziemlich genau«, sagte Weber. »Ich würde ihn jederzeit wiedererkennen.«

»Dann möchte ich Sie bitten, noch einmal mitzukommen und unseren Experten bei der Erstellung eines Phantombildes zu helfen«, forderte Wagner ihn auf, und Weber stand auf und signalisierte sein Einverständnis.

* * *

»Also, was meinen Sie?«, fragte Jan, als er mit Wagner ins Auto stieg.

»Ich glaube, der redet sich etwas ein, weil er sich besser damit fühlt, dem Mörder seiner Frau ein Gesicht zu geben«, erklärte Wagner. »Oder was meinen Sie, Grimberg?«

»Ich glaube ihm. Ich kann mir vorstellen, dass zwischen den beiden eine schwer beschreibbare Spannung geherrscht hat, die Weber bemerkt hat und ihm das intuitive Gefühl gibt, dem Mörder seiner Frau gegenübergestanden zu haben.«

»So eine Spannung ist aber kein Indiz, das zur Lösung des Falls wesentlich beitragen kann«, konterte Wagner. »Außerdem: Was ist so ungewöhnlich daran, dass ein fremder Interessent vorbeikommt, wenn man ein *Zu-verkaufen*-Schild vor dem Haus aufstellt? Und vielleicht will Weber nur von dem Verdacht gegen sich selbst ablenken.«

Dann erklärte Jan ihm seine Theorie vom Überkreuz-Mord, die er sich am Morgen zurechtgelegt hatte.

»Klingt schon besser«, murmelte Wagner.

»Ich bin mir da nun nicht mehr so sicher, seit wir gerade bei Weber waren«, entgegnete Jan.

Wagner gab Gas und fuhr heute wieder besonders aggressiv. Jan zuckte mit den Schultern und schwieg für den Rest der Fahrt. In seinem Kopf strich er Weber von der Liste der Verdächtigen.

* * *

Im blassen Schimmer der Kerze saß Matthias Stürmer am rustikalen Küchentisch aus Massivholz und sah seine Frau fragend an. Seine Blicke forderten eine sofortige Antwort, aber Mechthild warf die Frage stumm an ihn zurück. Sie hatte die blonden Haare streng nach hinten zu einem Zopf gebunden und trug immer noch ihr Businesskostüm vom Vortag. Matthias stand auf und kramte in seiner Jackentasche, die auf dem Sofa lag. Dann setzte er sich zurück an den Tisch.

»Lass uns eine Münze werfen«, sagte Matthias schließlich und hielt das Zwei-Euro-Stück hoch. Mit einer Hand fasste er sich an den Kopf und spielte mit seinen Locken.

»Und dann?«, fragte Mechthild.

»Dann war es wenigstens nicht unsere Entscheidung«, antwortete ihr Mann.

Sie schüttelte den Kopf. »Matthias, du willst es dir einfach machen. Aber einfacher wird es dadurch nicht. Es bleibt unsere Entscheidung. Das ändert auch nichts daran, wenn du die Münze in die Luft wirfst. Und wen willst du am Ende dafür verantwortlich machen? Die Münze? Oder die Schwerkraft? Oder ... oder das Schicksal?«

»Du hast doch immer Horoskope gelesen«, murmelte Matthias.

»Hör auf«, fauchte Mechthild. »Hör endlich auf!«

Matthias seufzte und warf die Münze in die Luft. Mit der linken Hand fing er sie elegant auf und klatschte die untere Seite auf seinen rechten Handrücken. Dann hob er die linke Hand. Die Münze zeigte auf Kopf. Matthias fragte sich, was es bedeuten würde, wenn sie sich für die eine oder andere Option bei Kopf entschieden hätten. Er wusste, es machte keinen Unterschied.

»Er ist ein schlechter Mensch«, sagte Mechthild.

Matthias antwortete nicht.

»Erik Müller ist ein schlechter Mensch, verdammt!«, wiederholte seine Frau.

»Er macht halt seinen Job«, gab Matthias zu bedenken.

»Er arbeitet für eine unseriöse Baufirma«, fuhr Mechthild fort. »Sein Job ist es, leichtgläubigen Menschen wie uns Bauruinen zu verkaufen, und verspricht ihnen hohe Mieteinnahmen, obwohl er weiß, dass das nicht stimmt. Wie lang ist unser letzter Urlaub jetzt her? Seit wann kaufen wir unsere Kleidung nur noch im Second-Hand-Shop? Er ist ein schlechter Mensch.«

Matthias setzte an: »Er ist ...« Den Satz führte er nicht weiter.

»Er ist ein schlechter Mensch, Matthias. Er versucht es mit dieser Masche bei vielen Menschen.«

»Wie könnte ich das tun?«, flüsterte Matthias.

»Unser Traum vom Eigenheim. Wegen Erik Müller. Weil er uns Unrecht getan hat.«

»Es geht um ein Menschenleben!«

»Er hat *unser* Leben auch zerstört, Matthias. Er darf ruhig sterben. Mit so einem dürfen wir kein Mitleid haben«, sagte Mechthild entschlossen.

»Ja«, sagte Matthias resignierend.

Schweigend saßen sie beisammen.

Irgendwann stand Mechthild auf und sah nach Elena.

»Schläft sie?«, fragte Matthias, als seine Frau zurückkam.

»Unruhig«, antwortete sie.

Dann fragte Matthias: »Glaubst du, dass Erik Müller Familie hat? Frau und Kinder, meine ich?«

»Vielleicht«, sagte Mechthild. »Aber darum geht es nicht.«

»Ja«, flüsterte Matthias wieder. Dann fügte er mit zittriger Stimme hinzu: »Ich mach es. Morgen!«

Mechthild ging auf ihn zu und schloss ihn in die Arme.

Sie umklammerten sich, so fest es ging, und bald merkte Mechthild, dass es ihren Mann erregte. Sie klammerte sich noch fester an ihn und begann sich langsam zu bewegen. Er stöhnte leise auf. Dann liebten sie sich.

Als sie eine halbe Stunde später nackt nebeneinanderlagen, sah Mechthild, dass ihr Mann zitterte. Sie richtete sich auf, um sein Gesicht sehen zu können. Da bemerkte sie, dass er kläglich weinte.

Sie streichelte ihm über den Kopf. »Ist schon gut, mein Liebster. Ich werde es tun. Morgen Abend!«

9. Kapitel

9. Juli 2016

Das Unternehmen von Erik Müller lag in einer stillen Seitengasse der Euskirchener Innenstadt. Müller war an diesem Tag offenbar früher als sonst ins Büro gefahren. Als Mechthild Stürmer wie zufällig an den großen Erdgeschossfenstern seines Büros vorbeilief, war Müller jedenfalls schon da und telefonierte. Sie blieb für einige Sekunden stehen und sah ihm bei der Arbeit zu. Lässig lehnte sich Müller gegen die Rückenlehne seines Bürostuhls und presste den rechten Fuß gegen die Schreibtischkante. Er lächelte beim Telefonat, als könnte er dabei gesehen werden. Seine Glatze und sein Dreitagebart strahlten eine attraktive Männlichkeit aus. Er wirkte wie ein Gewinner-Typ, dem man alles zutraut. Jemand, der den Amerikanern Weißwurst und den Bayern Coca-Cola verkaufen kann. Und tief in dieser Hülle des sympathischen Gewinners steckte ein widerliches Schwein, das andere Menschen gnadenlos abzockte.

Heute darf er sich noch mal gut fühlten, dachte Mechthild. An seinem letzten Tag auf Erden.

Sie lief weiter, ohne dass er sie bemerkt hatte. Dann dachte sie an ihre Familie. Gedanken schossen ziellos durch ihren Kopf, dass ihr fast schwindelig wurde. Nach diesem Tag würde alles anders werden – nichts würde mehr so sein wie vorher. Oder würde gerade doch alles wieder beim Alten sein? Würde sie mit ihrer Tat eine verlorene Ordnung wiederherstellen?

An einer Straßenecke standen die Zeugen Jehovas und pressten sich den *Wachturm* vor die Brust. Wenn es einen Gott gäbe – was würde er von ihrer Tat denken? Wenn sie eines Tages vor ihn treten müsste: Würde er sie als Sünde betrachten? Oder als Notwendigkeit? Oder würde er sie sogar dafür segnen, dass sie die Welt vor einem schlechten Menschen bewahrt hatte? Müsste sie nach dem Tod ewige Strafen erleiden? Oder wäre ein solcher Gott gnädig, weil er wusste, dass jeder Mensch unvollkommen war und nur aufgrund von Verstrickungen in seinem Leben gar nicht anders konnte, als zu sündigen?

Überhaupt hatte sie sich noch gar keine Gedanken über Strafen gemacht. Die ganze Zeit nicht. Auch nicht am Vorabend, als sie lange mit ihrem Mann darüber gesprochen hatte, was zu tun sei. Erst jetzt kam ihr der Gedanke, was denn wäre, wenn die Polizei ihnen auf die Spur kam und ihnen den Mord nachweisen konnte. Hatten sie ihre Pläne weit genug durchdacht?

Aber was haben wir denn für eine Wahl, dachte sie.

Mechthild Stürmer kehrte um und steuerte wieder Müllers Büro an, um ihn nicht aus den Augen zu verlieren. Gerade, als sie wieder in die Kapellenstraße bog, sprang Müller aus der Tür und eilte ein paar Meter weiter. Dann ging er in die Bäckerei. Mechthild Stürmer lief weiter. Als sie einen Augenblick später zur Bäckerei kam, stand er plötzlich vor ihr. Erik Müller sah in ihre Sonnenbrillengläser. Dann lächelte er charmant, weil er sich ihr versehentlich in den Weg gestellt hatte, trat einen Schritt beiseite und lief zurück in sein Büro. Sie war sich sicher, dass er sie nicht wiedererkannt hatte.

Ihre Gedanken kreisten um Matthias. Selbst wenn er entschlossen genug gewesen wäre, den Mord auszuführen, hätte er bestimmt vor Aufregung einen Zusammenbruch erlitten. Matthias wäre froh gewesen um jede Minute, die er diese Tat noch hinauszögern konnte. Sie war da anders. Ganz anders. Ihr konnte es nicht schnell genug gehen.

* * *

Oder sollten sie es doch nicht tun? Was sie vorhatten, war doch Wahnsinn, dachte Matthias Stürmer, als er am Nachmittag durch den Euskirchener Norden lief, um seiner Frau möglichst auszuweichen.

Vor einem von Wildwuchs überwucherten Grundstück blieb er stehen und blickte auf das rissige Fundament, aus dem mal ein Haus werden sollte. Rot-weißes Absperrband, längst verblichen, markierte das Baustellengelände. So viel Geld lag hier begraben. Knapp dreihunderttausend Euro. Ein Grundstück, das mal sein Wohneigentum hätte werden sollen und von dem nur eine Schrottimmobilie auf einem öden Stück Land übrig geblieben war.

Regelmäßig bekam er noch Mahnungen vom Ordnungsamt, denn noch gehörte das Grundstück ihm. Was er hier vor sich sah, war die Bilanz eines ruinierten Lebens. Ruiniert durch Erik Müller. Nein, dachte Stürmer. Es war kein Fehler, diesen Menschen umzubringen. Sie sollten es tun.

* * *

Den Entschluss, noch einmal zur Kakushöhle zu fahren, hatte Jan spontan gefasst, als er schon auf dem Weg zur Arbeit war. Kommern lag nicht weit von Mechernich entfernt, und nur einige Kilometer hinter Mechernich befand sich das Naturschutzgebiet, in dem Elisabeth Weber ums Leben gekommen war.

Zunächst spazierte Jan durch den Schluchtenwald, in dem die Höhle lag. Hohe Ahornbäume, Eschen und Buchen boten genügend Schutz, wenn man ein Versteck suchte. Hatte der Täter hier auf der Lauer gelegen? Oder war er wie ein zufälliger Spaziergänger durch den Wald gelaufen, seinem Opfer vielleicht sogar vorher begegnet, ohne dass Elisabeth Weber gewusst hatte, in welcher Gefahr sie sich befand? Dann warf Jan einen Blick in die geräumige Höhle. Er musste unwillkürlich an Familie Feuerstein denken und schmunzeln.

Es war gruselig und faszinierend zugleich. Achtzigtausend Jahre Menschheitsgeschichte bezeugte die Kakushöhle. Archäologen hatten hier jahrtausendealte Werkzeuge gefunden, die darauf hindeuteten, dass einst der Neandertaler in dieser Höhle Schutz gesucht hatte. Jan stellte sich vor, was das für Menschen waren, die vor zigtausend Jahren zwischen diesen Felswänden gelebt hatten. Er versuchte sich ein Bild davon zu machen, wie sie hier ihren Alltag verbracht hatten: Sitzend am Feuer, bastelten sie vermutlich an Werkzeugen, die zum Jagen, Bauen und Morden taugten. Seit Jahrtausenden erschuf der Mensch eine immer komplexere Kultur, aber am Ende war jeder dazu verdammt zu sterben. Ständig waren die frühen Menschen Gefahren ausgesetzt: Unwetter, wilde Tiere – aber die größte Gefahr für den Menschen war immer der Mensch selbst. Zu dieser Erkenntnis war Jan gelangt, kurz nachdem er bei der Polizei angefangen hatte. Er fragte sich, ob sich in der modernen Zivilisation daran irgendetwas geändert hatte, seit Kain seinen Bruder erschlagen hatte. Nein, es hatte sich nichts geändert. Zivilisation, Kultur und Moral hatten die Menschheit nicht weitergebracht, seit der erste von ihnen einen Faustkeil genommen und einen Artgenossen getötet hatte.

Dann begab er sich auf den oberen Wanderweg – zu der Stelle, von der Elisabeth Weber gestoßen worden war.

Stimmte Webers Vermutung, dass ihn der Mörder seiner Frau besucht hatte? Um sich indirekt zu entschuldigen?

Jan wagte sich hinter den Absperrzaun und ging vorsichtig in Richtung Abgrund. Sicherheitshalber hielt er sich an einem Baum fest, als er nach unten sah. Es war tief genug, um jemanden zu töten, das sah man auf den ersten Blick.

Was war in dem vermeintlichen Täter vorgegangen, als er Weber besucht hatte? Warum ging er unter einem Vorwand zum Angehörigen des Opfers und ließ sich die Räume zeigen, in denen die Frau, die er getötet hat, gelebt hatte? Warum sagte er, es tue ihm leid? Hatte Weber da zu viel hineininterpretiert, oder hatte der Mörder wirklich die Absicht gehabt, sich zu entschuldigen? Warum entschuldigte man sich für einen Mord?

Jan sah noch mal nach unten.

Warum entschuldigte man sich dafür, eine Frau hier hinuntergestoßen zu haben?

Weil man es nicht gewollt hatte.

Und warum hatte man es nicht gewollt?

Weil es ein Versehen war?

Wie konnte man aus Versehen einen Menschen hier hinunterstoßen?

Die einzig plausible Erklärung, die Jan einfiel, war die, dass Frau Weber sich hier selbst in Lebensgefahr gebracht hatte und der Täter ihr eigentlich nur helfen wollte. Vielleicht war er gestolpert und hatte sie dabei gestoßen, oder er wollte ihr, die vielleicht schon am Abgrund hing, helfen, konnte sie aber nicht mehr halten.

Aber die rechtsmedizinischen Ergebnisse sprachen gegen diese Variante: Hätte der Täter sie aus Versehen geschubst, hätte sie keine Kratzspuren am Handgelenk, hätte er sie einfach nicht halten können beim Versuch, sie zu retten, wäre sie anders aufgeschlagen. So zumindest Mühlenbachs Einschätzung.

Warum also hatte er es nicht gewollt?

Jan verschränkte die Arme am Baum, der ihm Halt gab, legte sein Kinn darauf und sah sich eine Weile den Abgrund an.

Warum stieß jemand hier eine alte Frau hinunter und entschuldige sich dann dafür? Konnte das sein?

Und dann kam Jan ein Einfall, und er wunderte sich, dass er nicht schon früher darauf gekommen war: weil der Täter vielleicht dazu gezwungen worden war!

Wäre es denkbar, dass es einen Strippenzieher im Hintergrund gab, der den Täter gezwungen hatte, einen Mord zu begehen?

Aber wie könnte man einen Menschen dazu bringen, jemand anderen zu töten?

* * *

Es war schon fast Mitternacht, als Erik Müller endlich das *Blue Shadows* verließ. Mechthild Stürmer hatte drei Stunden lang an der Theke der Bar in der Euskirchener Innenstadt gesessen, alkoholfreie Cocktails getrunken und ihn beobachtet, wie er mit Freunden Dart gespielt, getrunken, zwischendurch geraucht und viel gelacht hatte. Das war sein Abschied vom Leben, ohne dass er davon etwas ahnte. Sie legte zwanzig Euro auf die Theke und erhob sich von ihrem Barhocker, um dieser miesen, kleinen Ratte zu folgen. Den ganzen Tag lang hatte sie ihn im Blick gehabt. Das lange Warten auf die Gelegenheit, wo sie ihm alleine im Schutz der Dunkelheit begegnen würde, war nun vorbei.

Erik Müller lief durch die Fußgängerzone, ohne sich umzudrehen. Mechthild Stürmer holte mit langsamen Schritten auf, während sie sich ein Kopftuch um die Haare wickelte. Jetzt war Müller nur noch wenige Meter vor ihr. Sie griff mit der rechten Hand nach dem Küchenmesser in ihrer Handtasche. Ein älterer Herr kam ihr mit einem Dackel entgegen. Reflexartig ließ sie das Messer los, obwohl sie es immer noch in ihrer Tasche verbarg und es nicht zu sehen war. Müller kümmerte sich nicht darum, was hinter ihm passierte. Als Mechthild den Hundebesitzer nicht mehr sah, holte sie ihr Opfer erneut ein. Müller bog in die Annaturmstraße ein, eine unbelebte, kleine Gasse.

Diese Gelegenheit wollte Mechthild sich nicht entgehen lassen. Sie beschleunigte ihren Schritt, und als sie direkt hinter ihm war, nahm sie das Messer aus der Handtasche, holte einmal aus und rammte es mit einem kräftigen Stich in Müllers Rücken – dorthin, wo sie seine Lungen vermutete.

Müller stöhnte laut auf, blieb kurz stehen und versuchte dann, unbeirrt weiterzulaufen. Wahrscheinlich stand er unter Schock. Mechthild Stürmer war überrascht, dass es so leicht gegangen war. Also wollte sie es gleich noch einmal versuchen. Dass er sich weiter nach vorne bewegte, erleichterte es ihr, das Messer wieder herauszuziehen. Sie zielte auf den anderen Lungenflügel und stieß noch einmal kräftig zu.

Diesmal stieß Müller einen leisen, erstickten Schrei aus. Er drehte sich zu ihr um, sah sie verwundert an und murmelte: »Aber meine Mutter …« Dann gurgelte Blut aus seinem Mund. »Aber …«, setzte er erneut an und drehte sich mehrmals um die eigene Achse.

Mechthild versuchte unterdessen, um den taumelnden Körper herumzulaufen, um wieder an das Messer zu gelangen.

»Aber … meine Mutter hat … doch übermorgen … Geburtstag«, stöhnte Müller schwerfällig.

Endlich bekam Mechthild Stürmer den Griff ihres Messers zu fassen und zog es wieder aus seinem Körper. Erik Müller sank in die Knie.

Besser geht's nicht, dachte Mechthild Müller und schnitt in seinen Hals, aus dem augenblicklich ein roter Schwall floss. Seitlich kippte Erik Müller zu Boden, die fast schon toten Augen weit aufgerissen. Schnell holte Mechthild Stürmer ihr Handy raus und machte ein Bild von ihm. Dann steckte sie das Messer ein, vergewisserte sich noch kurz, dass sie keine Spuren hinterlassen hatte, und verließ unauffällig den Tatort.

Sie hatte es geschafft. Sie war auf eine gewisse Art sogar glücklich.

* * *

Fassungslos stand Jan Grimberg am Tatort. Fassungslos war er nicht nur, weil am Rand der Innenstadt, mitten im Herzen Euskirchens, jemand niedergestochen worden war. Sondern weil er nun endgültig glaubte, dass ein Serienmörder im Kreisgebiet sein Unwesen trieb.

»Seine Wertsachen sind noch bei ihm«, stellte Wagner fest. »Raubmord ist also unwahrscheinlich. Wir lassen gerade seine Lebenssituation prüfen. Vielleicht war es ja eine Beziehungstat.«

»Wer war der Mann?«, fragte Jan.

»Unternehmer. So viel haben wir schon in Erfahrung bringen können. Leitete eine Baufirma hier in Euskirchen«, gab Wagner an. »Und es gab auch schon die ein oder andere Anzeige gegen ihn, weil er sich mit dubiosen Geschäften bereichert hat. Er drehte leichtgläubigen

Menschen, die ein Eigenheim bei ihm gekauft haben, weitere Immobilien an und stellte ihnen in Aussicht, dadurch hohe Mieteinnahmen zu erzielen und ihre Kredite für das eigene Haus schneller abzubezahlen. Dabei waren die als Geldanlage gedachten Häuser nichts wert. Aber juristisch konnte man bisher nichts gegen ihn machen – und in Zukunft wohl auch nicht mehr. Jedenfalls hatte er ausreichend Feinde.«

»Stimmt wohl«, pflichtete Jan bei.

»Und vermutlich ist er auch nicht zufällig bei einem Streit unter alten Bekannten gestorben. Der Mann wurde regelrecht abgeschlachtet. Sieht nach einer gezielten Tat aus. Jemand hat ein hohes Maß an Aggressionen an ihm ausgelassen.«

Wagner wurde zu einem Kollegen von der Streife gerufen. »Beziehungstat fällt vielleicht weg«, sagte Wagner, als er zurückkam. »Der Mann lebte allein. Was nicht heißt, dass es nicht eine Ex gewesen sein könnte oder eine Frau, von der die bisher Befragten nichts wussten. Oder eine Prostituierte. Aber ich halte es für wahrscheinlicher, dass ein geprellter Kunde ihn loswerden wollte. Sein Unternehmen war nicht gerade seriös und legte es wohl darauf an, anderen Menschen Geld aus der Tasche zu ziehen.«

Jan sah sich den Toten an, der in einer riesigen Blutpfütze lag.

»Haben denn normale Menschen so viel kriminelle Energie, dass sie einfach so mit einem Messer auf einen anderen losgehen und dann mehrmals zustechen – auch in den Hals?«, fragte Jan skeptisch.

»Nicht einfach so, Grimberg. Stellen Sie sich vor, so ein Unternehmen nimmt Ihnen Ihre finanzielle Grundlage.

Es geht um einiges: ums Haus, um den Wohlstand, um die Familie, um die zukünftigen Urlaube. Da kann man schon mal die Nerven verlieren.«

»Angenommen, Sie haben noch nie jemanden umgebracht – wie erklären Sie sich das?«, entgegnete Jan.

Wagner sah ihn fragend an.

»Das hat der Dichter Max Frisch mal geschrieben. Die Antwort ist: Die meisten Menschen haben doch so etwas wie eine natürliche Tötungshemmung – ein Gewissen, eine Moral, vielleicht auch einen Instinkt zur Erhaltung der Art ...«, erklärte Jan.

»Wir haben jetzt keine Zeit für solche Hirngespinste«, konterte Wagner.

»Ich glaube, dass wir es mit einem Serienmörder zu tun haben«, sagte Jan.

»Ein Serienmörder?«

»Drei Morde in weniger als vier Wochen in einem Umkreis von weniger als vierzig Kilometern. Ich glaube, es gibt einen Zusammenhang.«

Als Jan dies ausgesprochen hatte, bemerkte er, dass Wagner schon ein Gespräch mit einem Kriminaltechniker begonnen hatte.

»Ich glaube, es gibt da einen Zusammenhang!«, wiederholte Jan, diesmal so laut, dass sein Kollege es hören musste.

»Und ich glaube, Sie verrennen sich da in eine Idee«, konterte Wagner. »Sie wollen doch nur wieder besonders originell sein und den Fall im Alleingang lösen, Sie Genie.«

Jan hasste es, wenn aus Wagner der tief sitzende Neid herauskroch. Er stellte sich zwischen Wagner und den

Spusi-Mann. Dann fuhr er fort: »Wissen Sie, was ich glaube? Da tötet jemand aus irgendeinem Grund zufällig ausgewählte Menschen. Jemand, der bisher keine Erfahrung mit dem Morden hat. Zuerst schubst er eine Spaziergängerin in den Abgrund. Ein kleiner Stoß genügt, und es ist geschehen. Der Täter ist irgendwie fasziniert von dem Gedanken, auf so einfache Weise ein Leben auszulöschen. Er will es bald noch mal probieren und sucht sich wieder ein zufälliges Opfer aus. Diesmal muss er ein bisschen mehr dafür tun: Ein Schubsen genügt nicht. Er muss einen Kampf führen, muss sie mit Körperkraft unter Wasser drücken. Das zweite Opfer leidet mehr, das Töten dauert länger. Der Täter spürt vielleicht einen neuen Kick, weil er nun noch mehr durch eigenes Zutun einen Menschen getötet hat. Und er will es noch mal probieren: Jetzt mit einer Waffe – diesmal will er Blut fließen sehen. Mit der Waffe verändert er sich: Er hat mehr Macht, verstehen Sie? Stellen Sie sich die ersten Menschen vor: Mit bloßer Körperkraft war es kaum möglich, einen anderen umzubringen. Es sei denn, man stieß ihn von einem Felsen, würgte ihn oder drückte ihn unter Wasser – so haben die Menschen wohl getötet, bevor sie Werkzeuge und Waffen hatten. Dann kam der erste Kain, der seinen Nächsten mit einem Stein oder einem Knüppel umbrachte – und merkte, dass er über eine gewaltige Macht über den unbewaffneten Gegner verfügte.«

»Und was sagt uns das, Professor Grimberg?«, fragte Wagner süffisant. Nun sprachen sie wieder auf dem gewohnten konfrontativen Niveau miteinander.

Aber Jan machte es diesmal Spaß, mit Wagner zu streiten. Er fuhr fort: »Das bedeutet, dass wir es vielleicht mit einem Täter zu tun haben, der gar keinen tieferen Grund hat, die Menschen zu töten. Es ist für ihn wie ein Spiel – ein Spiel des Bösen. Vielleicht ist einfach eine Mordlust in ihm wach geworden – ein zutiefst menschlicher Trieb, den die meisten Menschen unterdrücken, der aber vielleicht in jedem von uns schlummert. Und er steigert sein Tötungsverlangen, indem er selbst immer mehr, immer grausamer am Tod dieser Menschen beteiligt ist – womöglich, um seine eigenen Grenzen auszutesten.«

»Grimberg, Sie machen mir manchmal Angst«, grinste Wagner.

»Und jetzt Ihre Theorie«, forderte Jan seinen Kollegen auf.

»Die ist schnell erzählt: Dieser Mann hier hat sich aufgrund seines Berufes viele Feinde gemacht – und einer von denen hatte mit ihm buchstäblich noch eine Rechnung offen. Bei den anderen beiden war es jemand anderes, vielleicht ist die Überkreuzmord-Geschichte gar nicht schlecht. Ich tippe auf jeweils persönliche Hintergründe und glaube nicht an einen Serienmörder.« Dann wandte Wagner sich ab und täuschte eine Beschäftigung vor.

»Er wird unvorsichtiger«, rief Jan ihm hinterher. »Er beginnt, Spuren zu hinterlassen. Vielleicht will er, dass wir ihn finden.«

* * *

Als Mechthild nach Hause kam, lief Matthias Stürmer im dunklen Wohnzimmer auf und ab. Die Hände hatte er in der Jeans vergraben. »Und?«, fragte er, als hänge sein Leben von der Antwort ab.

»Ich muss jetzt duschen«, sagte sie nüchtern. »Da ist noch Blut an meinen Händen.«

Matthias sank augenblicklich in die Knie und konnte eine ganze Weile nicht mehr aufhören zu weinen. Als er schließlich erschöpft nach Luft schnappte, hörte er, dass das Wasser im Badezimmer immer noch prasselte.

Sie hat es getan, dachte er, sie hat es wirklich getan.

Eine halbe Stunde später saßen sie schweigend im Wohnzimmer, das in das dämmrige Licht der Stehlampe getaucht wurde. Beide hatten ihre Handys auf dem Tisch liegen und warfen alle zwei Minuten einen Blick darauf. Matthias sah seine Frau an, die nur in ein Handtuch gewickelt war. Er konnte seine Augen nicht abwenden von ihrer braunen Haut, ihren schlanken Beinen, dem schönen Tattoo am Oberarm. Sie sah aus wie immer, wenn sie müde war. Ihr Gesicht zeigte kaum Regungen. Er blickte in ihre gelangweilten Augen. Ihr langes Haar war kaum ergraut, sie war noch so schön wie früher. Sie war nicht nur schön, sie war vollkommen.

Er erinnerte sich daran, wie er sie damals in der Universitätsbibliothek zum ersten Mal gesehen hatte. Eigentlich wollte er für sein Examen lernen, aber einen ganzen Nachmittag lang hatte er nur sie angeschaut. Es war ein heißer Julitag gewesen, sie hatte sich mit ihren Büchern an das große Fenster mit Rheinblick gesetzt, ihre Schuhe abgestreift und sich mit höchster Konzentration ihren Büchern zugewandt. Hin und wieder sah sie geradeaus, um ihre Gedanken zu ordnen, und dann senkte sie den Kopf wieder, um ihre Lektüre fortzusetzen. Was ihn damals noch mehr faszinierte als ihre Schönheit, war diese sanfte Ruhe, die sie ausstrahlte. Wenn sie einen Stift nahm, um wichtige Stellen in ihrem Buch zu markieren, legte sie ihn mit äußerster Vorsicht wieder auf den Tisch, darauf bedacht, niemanden im Lesesaal zu stören. Wenn sie aufstand, schlich sie barfuß auf Zehenspitzen durch den Raum. Und als er sich nach drei Tagen endlich dazu durchgerungen hatte, sie anzusprechen, bestätigte sich sein Eindruck von ihr. Sie war bescheiden, klug, freundlich, unschuldig. Er hatte sich in sie verliebt, weil er wusste, dass sie ihn nicht unglücklich machen würde.

Jetzt sah er sie die ganze Zeit an wie damals in der Uni-Bibliothek. Sie war noch so schön wie damals, aber etwas war anders. Er brauchte eine Weile, um zu verstehen, was es war, aber schließlich wusste er es: Sie hatte ihre Unschuld verloren.

Mechthilds Handy vibrierte plötzlich. Sie sah auf das Display. Er warf ihr einen fragenden Blick zu, und sie lächelte ihn erleichtert an.

10. Kapitel

10. Juli 2016

Was macht Ihr Serienkiller?«, spottete Wagner, als Jan ins Büro kam.

»Was macht Ihre Karriere?«, schoss Jan zurück und überlegte, ob er nun zur Waffe greifen müsste, weil Wagner vielleicht gleich aufspringen und ihn erwürgen würde.

»Ich werde immer noch höher besoldet als Sie, Kollege Grimberg«, konterte Wagner.

Kotzbrocken, dachte Jan und schwieg.

»Es gibt tatsächlich eine Spur zu Weber als möglicher Mörder von Anita Winkelmann«, setzte Wagner an. »Stellen wir uns die Theorie vom Überkreuz-Mord noch mal vor: Er hat kein Alibi für die Tatzeit, als Winkelmann starb. Er wurde sogar in der Nähe von Zülpich an diesem Tag gesehen – ein Tankwart hat ihn eindeutig wiedererkannt. Und dann die erhöhte Lebensversicherung für seine Frau: Mehrere Menschen aus Webers Umfeld bestätigen, dass die Ehe zwischen den beiden nicht so gut lief. Vielleicht kam ihm da ihr Tod ganz gelegen. Ich schlage vor, wir laden ihn noch mal unter dem Vorwand, Zeuge zu sein, hierhin ein, und dann bezwinge ich ihn und versuche, ihn zum Geständnis zu bringen.«

»Ich glaube, er war es nicht«, sagte Jan. »Bedenken Sie: Wir haben inzwischen drei Morde. Wie passt diese Theorie vom Überkreuz-Mord noch in unseren neuen Fall? Außerdem: Weber hat Besuch von einem Fremden bekommen und glaubt, das sei der Mörder seiner Frau gewesen.«

»Das erzählt der doch nur, um von sich selbst abzulenken«, warf Wagner ein.

Jan hob die Hand. »Ich glaube ihm«, sagte er. »Wenn wir nur mehr Informationen über diese Person hätten. Ich fahre gleich zu Weber, lasse mir noch einmal alles erzählen und vereinbare mit ihm eine Strategie, was zu tun ist, wenn der Fremde wieder auftaucht. Und wagen Sie es nicht, ihn vorher mit Ihrem Verdacht gegen ihn zu konfrontieren – ich möchte, dass er mit uns kooperiert und sich nicht als Tatverdächtigen sieht.«

Das Telefon klingelte. Ein interner Anruf.

Jan hob ab. »Frauke? Was gibt's?«

Tatsächlich hatte Frauke brisante Neuigkeiten.

Jan notierte sich einen Namen und eine Adresse. Dann legte er auf. »Wir haben einen weiteren Entführungsverdacht«, sagte er dann zu Wagner.

Der sah ihn fragend an und sagte: »Wir haben dafür keine Zeit. Sollen sich die Spezialisten drum kümmern.«

»Vor ein paar Tagen wurde doch schon ein Fall gemeldet.«

»Und? Wurde das Kind entführt?«, fragte Wagner.

»Nein. Irgendwie waren die Eltern komisch, aber es war falscher Alarm. Das Kind war da. Zumindest ein paar Stunden später. Aber seltsam ist es doch, dass schon wieder ein Kind als vermisst gemeldet wird.«

»Eltern überreagieren häufig«, sagte Wagner. »Die ganze Eifel scheint gerade verrückt geworden zu sein. Diese Hitze. Drei Morde in kurzer Zeit. Da schnappen manche Eltern über, wenn ihr Kind zu lange wegbleibt.«

Jan schlug mit der flachen Hand auf den Tisch. »Sagen Sie das noch mal!«

»Was ist denn mit Ihnen los?«

»Was haben Sie gerade gesagt?«, bohrte Jan weiter.

»Ich sagte, die Eifel ist verrückt ge...«

»Nein – davor!«

Wagner überlegte kurz. »Ich sagte, dass Eltern manchmal überreagieren – was soll das eigentlich?«

»Das könnte es sein!«, sagte Jan. »Eltern überreagieren. Was würden Sie tun, wenn Ihr Kind entführt wird und Sie den Entführer in die Hände kriegen?«

»Ich würde vergessen, dass ich Polizist bin«, antwortete Wagner aus tiefster Überzeugung.

»Also: Vergessen wir erst einmal die Serienmörder-Theorie und die Hypothese vom Überkreuz-Mord. Nehmen wir einfach mal an, es gibt einen Zusammenhang zwischen den Morden und den Entführungen. Was wäre die naheliegendste Verbindung?«

»Dass die Ermordeten in die Entführung verwickelt waren.«

»Das sehe ich auch so.«

Wagner stöhnte. Sein sekundenlanges Schweigen verriet seine Skepsis gegenüber Jans neuer Theorie. Dann fragte er: »Was wissen Sie über den neuen Entführungsfall?«

»Ein zehnjähriger Junge ist nicht zur Schule gekommen. Die Eltern haben den Jungen zwar krankgemeldet, aber das Kind ist seit zwei Tagen nicht aufgetaucht. Die Großeltern haben sich deshalb bei uns gemeldet und gebeten, einmal nachzuhaken. Die Eltern haben vorgestern behauptet, dass das Kind bei einem Freund ist, aber auf Nachfrage der Großeltern bei den Eltern des Freundes kam heraus, dass der Junge gar nicht dort war.«

»Dann fahren wir nun dorthin«, schlug Wagner vor.

Geniale Idee, Kotzbrocken, dachte Jan.

* * *

Matthias Stürmer hatte die ganze Nacht nicht geschlafen und kippte sich um zehn Uhr morgens den vierten Kaffee rein. Er fühlte sich wackelig auf den Beinen, hatte Kopfschmerzen und einen Weltekel, von dem er sich fragte, ob der je wieder verschwinden würde. Die Tageszeitung hatte er am Morgen ungelesen weggeworfen. Die Croissants, die Mechthild geholt hatte und die er so liebte, schmeckten nach Asche.

Er sollte glücklich sein, aber er konnte es nicht.

Er wollte sich gerade den Finger in den Hals stecken, als es klingelte.

Mit stolpernden Schritten eilte er zur Tür und sah zwei Männer, die sich als Grimberg und Wagner vorstellten. Der eine war noch jung, ein wenig schmächtig und nicht allzu groß, der andere fast einen Kopf größer und kräftiger, die Haare wurden schon grau. Der zweite wirkte unsympathischer als der erste. Sie sagten, sie seien von der Kriminalpolizei.

Verdammte Scheiße, dachte Matthias.

Seine Versuche, die beiden abzuwimmeln – er habe keine Zeit –, schlugen fehl. Der Größere von beiden – Wagner – hatte sich schon durch die Tür geschoben, bevor er etwas sagen konnte. Und so saß er also Sekunden später zwei Polizisten im Wohnzimmer gegenüber.

»Worum geht es denn?«, fragte er und versuchte, so unwissend und überrascht zu klingen wie möglich.

»Wir wollten uns nur erkundigen, ob bei Ihnen alles in Ordnung ist«, antwortete dieser Wagner, und Matthias ahnte sofort, dass Wagner eine Strategie verfolgte – er wusste nur nicht, welche.

»Sicher«, sagte Matthias.

Der Mann namens Grimberg zeigte ihm sein Smartphone. »Sind Sie allein?«, hatte der Polizist ins Display getippt.

Matthias Stürmer musste lachen. »Ja, ich bin allein. Was soll das?«

»Sind Ihre Frau und Ihr Kind auch zu Hause?«, fragte der andere.

»Was hat mein Kind damit zu tun?«, fragte Matthias zurück. Nach Lachen war ihm nun nicht mehr zumute.

»Womit?«, fragte Wagner.

»Mit Ihrem Besuch«, antwortete Matthias und war erleichtert, dass er die Kurve bekommen hatte.

»Also?«, fragte dieser Grimberg.

»Sie sind beide nicht da. Machen einen Ausflug ins Grüne.«

»Hat Ihr Sohn keine Schule heute?«, fragte Wagner.

Jetzt die Ruhe bewahren, sagte sich Matthias. Er könnte ihnen einen Kaffee anbieten, um sie abzulenken. Aber dann würden sie noch länger bleiben, das wäre nicht gut. Matthias riss sich zusammen. »Mein Sohn war zwei Tage krank – krankgemeldet. Heute Morgen fühlte er sich auch noch nicht wohl, aber dann ging es besser, und meine Frau dachte, ein bisschen frische Luft täte ihm gut.«

»Frische Luft ist immer gut«, stimmte Wagner zu.

Er glaubt mir nicht, dachte Matthias.

»Ihre Eltern haben sich Sorgen gemacht«, warf Grimberg ein.

»Warum sollten sie sich Sorgen machen?«

»Sagen Sie es uns«, forderte Wagner ihn auf.

Natürlich wusste Matthias, worauf er anspielte. Sein Vater hatte mehrmals versucht, Leonard zu sprechen.

»Meine Eltern sind immer sehr besorgt. Sie neigen zur Überreaktion.«

»Würde es Ihnen etwas ausmachen, Ihre Frau kurz anzurufen?«, fragte Wagner.

Was soll das, wollte Matthias fragen, da kam Mechthild mit Leonard zur Tür herein.

»Nicht nötig«, sagte Matthias erleichtert.

Leonard sah die beiden Männer verschüchtert an.

»Es ist alles in Ordnung, die beiden Herren wollten mich nur etwas fragen«, sagte Matthias zu seinem Sohn.

Mechthild grüßte freundlich und ging mit Leonard ins Kinderzimmer.

»Kann ich sonst noch etwas für Sie tun?«, fragte Matthias.

»Nein, das wäre alles«, antwortete Wagner. »Das heißt: wenn ich noch mal Ihre Toilette benutzen dürfte.«

Matthias zeigte ihm das Badezimmer, während Grimberg sich schon verabschiedete.

Kurz darauf kam Wagner aus dem Haus und nahm Jan beiseite. »Hier stimmt etwas nicht. Ich habe gerade bei den Stürmers etwas gefunden. Es gibt eine Verbindung zwischen ihnen und Erik Müller. Wir müssen nachher dringend darüber reden. Aber ich muss nun meine Tochter abholen. Wenn ich zu spät komme, nutzt meine Ex das aus, und dann sehe ich mein Kind wieder wochenlang nicht«, sagte Wagner hektisch.

»Treffen wir uns dann nachher im Büro?«

»Nein, meine Tochter übernachtet heute bei mir. Wie wäre es, wenn Sie einfach nachher bei mir vorbeikommen? So gegen acht? Es könnte uns wirklich einen Schritt weiterbringen, aber ich muss jetzt los.«

* * *

Jürgen Wagner wohnte in Kall in einem modernen Mehrfamilienhaus, das erst ein paar Jahre zuvor gebaut worden war und den neuesten Standards entsprach.

»Schicke Wohnung«, versuchte Jan das Eis zu brechen, als er eintrat.

»Es ist nicht schlecht, aber wenn man bedenkt, dass ich vor gut einem Jahr noch ein Haus hatte, ist es ein Abstieg. Aber hier in Kall sind die Mieten günstig«, erklärte Wagner und führte Jan ins Wohnzimmer. An der

Wand hing eine Fender Telecaster, daneben ein billigerer Nachbau eines Jazz-Basses.

»Sie spielen Gitarre?«, fragte Jan erstaunt.

»Schon sehr lange. Aber seit der Midlife-Crisis vor einem Jahr, die meine Scheidung begleitet hat, wollte ich mich ein wenig verändern und bin von Gitarre auf Bass umgestiegen. Aber einen echten Fender-Bass konnte ich mir nach der Trennung nicht mehr leisten, daher nur von Squier.«

»Warum bevorzugen Sie ein Telecastermodell?«

»Oh, der Herr kennt sich aus?« Jetzt war Wagner erstaunt.

»Ich habe selbst einige Jahre Gitarre gespielt. Hatte früher sogar mal eine Band. *Feedback* hieß die. Wir waren schon ziemlich angesagt damals«, lachte Jan. »Aber seit ich diesen Job habe, hatte ich keine Muße mehr für die Musik.«

Wagner nahm seine Gitarre vom Wandhalter und reichte sie Jan. »Wie wäre es mit einem Match, Kollege? Aber Vorsicht, sie ist sehr wertvoll.«

Jan nahm sie an, Wagner holte zwei Verstärker hinter dem Sofa hervor und stöpselte das gute Stück ein. Dann nahm Wagner sich den Bass.

»Sie dürfen wählen«, sagte Wagner.

»Stört das Ihre Tochter nicht?«

»Wenn die einmal schläft, schläft sie«, antwortete Wagner.

Jan spielte das Nächste, was ihm einfiel. Es war das Intro zu *Hotel California*.

Wagner stieg mit einer anspruchsvollen Basslinie ein, sie sangen abwechselnd die Strophen und den Refrain schließlich zweistimmig. Es folgten noch *Honky Tonk Woman, Ashes to Ashes* und *Mit Pfefferminz bin ich dein Prinz,* das sie mit lautem Gelächter beendeten. Noch nie hatte Jan so befreit mit Wagner gelacht.

Plötzlich stand ein kleines Mädchen im Wohnzimmer. »Papa, ich kann nicht schlafen. Ihr seid zu laut.«

Wagner legte sofort sein Instrument zur Seite. »Tut mir leid, mein Schatz«, flüsterte er sanft und nahm sie auf den Arm. »Komm her, ich bringe dich wieder ins Bettchen. Soll ich dir noch eine Runde *Pettersson und Findus* vorlesen?«

Wagners Tochter nickte zufrieden und lächelte ihren Vater liebevoll an.

Wagner sah zu Jan rüber. »Tut mir leid, es dauert einen kleinen Moment. Sie bedienen sich einfach, ja? Bier ist im Kühlschrank. Auch alkoholfrei.«

Jan legte die E-Gitarre zur Seite, nahm sich ein Bier und wartete geduldig auf dem Sofa, bis Wagner nach einer halben Stunde wiederkam. Auch Wagner öffnete sich ein Bier und stieß mit Jan an.

»Sorry, dass Sie warten mussten. Aber wenn sie ihrer Mutter erzählt, dass sie bei mir wach geworden ist, weil wir zu laut Musik gemacht haben, gibt es wieder Theater, ob mein Kind noch bei mir übernachten darf.«

»Kein Problem«, sagte Jan. Zum ersten Mal fühlte er sich halbwegs wohl in Wagners Gegenwart.

Wagner nahm eine Dokumentenmappe in die Hand, die auf dem Tisch lag. Er nahm ein Blatt mit handschriftlichen Aufzeichnungen und die drei Mordberichte heraus. »Es wird Zeit, dass wir mal zu Ergebnissen kommen«, meinte er.

»Höchste Zeit«, stimmte Jan zu. »Sonst macht Bilinski uns beiden in den nächsten Tagen die Hölle heiß und streicht uns noch unseren Urlaub.«

»Also, ich bin vorhin einige Details zum Fall durchgegangen«, fuhr Wagner fort. »Wir müssen zusehen, dass wir mal vorankommen. Drei Leichen und noch keine Spur, das ist gar nicht gut.«

»Stimmt. Was halten Sie also von den als vermisst gemeldeten Kindern?«

»Was dabei wirklich zum Himmel stinkt, ist das Verhalten der Eltern. Sorry, Kollege, Sie hatten wohl recht. Das hier habe ich vorhin im Arbeitszimmer bei den Stürmers gefunden.« Er zeigte Jan ein Foto, auf dem ein Brief zu sehen war.

»Sie haben in der Wohnung ohne Durchsuchungsbefehl herumgeschnüffelt?«, fragte Jan irritiert.

»Na ja, ich habe den Weg zum Badezimmer nicht gefunden und bin zuerst durch die falsche Tür gegangen – die lag praktischerweise gleich neben dem Gäste-WC. Aber zur Sache: Die Stürmers haben offenbar einen Vertrag mit Erik Müller abgeschlossen. Eine Immobilie im Wert von 297.000 Euro. Ich habe das mal überprüfen lassen. Die Hütte, die auf dem Kaufvertrag angegeben ist, steht im Euskirchener Norden – ohne Dach und mit rissigen Wänden. Dient bestenfalls als Unterkunft für Ungeziefer. Keine schöne Sache. Es gibt also eine direkte Verbindung zwischen Stürmers und Müller. Das muss nichts bedeuten, kann aber eine Spur sein.«

»Wenn Müller die Stürmers mit dem Geschäft übers Ohr gehauen hat, kann das theoretisch ein Mordmotiv sein.«

»Erst recht«, klinkte sich Wagner ein, »wenn dieses Geschäft ihnen die ganze weitere Lebensplanung versaut. Es geht hier nicht um ein I-Phone für dreihundert Euro, sondern um ein teures Haus.«

»Stimmt«, sagte Jan. »Dann hätten wir zwar ein Motiv, aber der merkwürdige Entführungsverdacht verläuft damit im Sande.«

»Das denke ich auch«, bekräftigte Wagner. »Ich denke, dass wir uns auf weitere mögliche Theorien stützen sollten. Die eine ist, dass es einen direkten Zusammenhang zwischen den Morden und den möglichen Entführungen gibt. Das Naheliegendste wäre hier, dass die drei Toten mit der Entführung zu tun hatten. Die zweite Theorie ist, dass nur Müller in die Entführungen – wenn es denn wirklich welche waren – verwickelt war und die anderen beiden Morde andere Hintergründe haben. Und die dritte Annahme wäre, dass es gar keine Entführungen gab, sondern nur die Großeltern und die Grundschullehrerin überreagiert haben, aber dass Stürmers aus finanziellen Gründen Müller getötet haben.«

»Was halten Sie für plausibler?«, fragte Jan.

»Und Sie?«

Jan überlegte einen Moment, dann sagte er: »Die zweite Theorie. Gleich mehrere vermisst gemeldete Kinder, die aus dem Nichts wiederauftauchen, das ist doch merkwürdig. Aber wer könnte sie entführt haben? Wohl am ehesten ein Mann, der ohnehin ein Schwein ist. Warum sollten die beiden Frauen, die in gutbürgerlichen Verhältnissen lebten, in Kindesentführungen verwickelt sein?«

»Das könnte natürlich biografische oder perverse Hintergründe haben, die ich mir gerade nicht ausmalen will«, wandte Wagner ein. »Ich würde die erste Theorie nicht voreilig ausschließen. Wenn wir eine Entführung annehmen, muss da nicht unbedingt Geldgier hinterstecken. Die Stürmers mögen ein gutes Durchschnittseinkommen haben, aber viel ist bei denen nicht zu holen, um dafür das Verbrechen einer Entführung zu begehen. Erst recht nicht, wenn sie nach dem Immobiliengeschäft pleite sind. Vielleicht wollen Entführer auch einfach Böses tun.«

»Wenn sie jedoch die Kinder entführen, um sie zu misshandeln – dann würden sie die Kinder nicht einfach wieder freilassen und zu den Eltern zurückschicken. Die Gefahr wäre zu groß, dass man den Entführern auf die Spur kommt und die Kinder als Zeugen aussagen könnten. Deswegen bleibe ich lieber bei der Theorie, dass Stürmer hinter den Entführungen stecken könnte.«

»Also gut«, stimmte Wagner zu. »Aber gehen wir mal die zweite Theorie durch: Wenn es doch einen Zusammenhang mit einer Entführung gäbe: Was ist passiert? Erzählen Sie mir mal die Geschichte. Das muss ja alles noch nicht stimmen, aber wir können erst einmal ein bisschen rumspinnen und überlegen, ob das plausibel ist.«

Jan überlegte kurz. Dann dachte er laut: »Nehmen wir also an: Stürmers Kind wurde von Müller entführt. Wer unseriöse Geschäfte betreibt, hat vielleicht auch genügend kriminelle Energie, um Kinder zu entführen. Vielleicht aus Geldgier, vielleicht wegen eines Konflikts mit den Eltern. Die Stürmers bekommen ihr Kind zwar lebend zurück, haben aber so eine Wut, dass sie sich rächen wollen. Schließlich mussten sie um das Leben ihres Lieblings fürchten. Möglicherweise hatten sie sogar vorher einen falschen Verdacht und haben Anita Winkelmann auch umgebracht, weil sie sie für die Entführerin hielten.«

»Wie kommen wir von hier aus nun weiter?«

»Hm, spielen wir doch noch einen Blues, schön leise diesmal, und dann sehen wir, ob wir noch eine Spur finden.«

* * *

Die Frau im Badezimmer zog ihn magisch an. Er begehrte sie so sehr, und er war stolz darauf, dass Sara seine Frau war. Als sie sich auszog, spürte er ein starkes Verlangen nach ihr. Seit zwei Wochen hatten sie schon nicht mehr miteinander geschlafen. Sara kam mit ihrer halb offenen Schlafbluse ins Zimmer und setzte sich auf den Rand des Ehebettes. Sie hob ihre Arme, um ihre Haarspange zu lösen. Dabei offenbarte sie die Kontur ihres Körpers, der durch die fast durchsichtige Bluse schimmerte. Markus richtete sich aus der Liegeposition auf und kroch langsam zu seiner Frau hinüber. Mit der rechten Hand streichelte er sanft ihre Schulter. Dann küsste er ihre Wangen, während seine Hand über ihre Haut glitt. Sara stöhnte leise auf, aber es war ein anderer Ton, als wenn sie sonst Zärtlichkeiten austauschten. Irgendetwas störte an ihren Atemgeräuschen. Es klang, als würde sie sich ekeln. Sie umklammerte seine Hand mit ihrer. Für einen Moment glaubte Markus, er hätte sich geirrt und sie würde die Sehnsucht nach Nähe nun erwidern.

Doch er hatte sich nicht in den merkwürdigen Atemgeräuschen getäuscht. Sie schob seine Hand weg und stand auf. Er hörte ihre Schritte, als sie hektisch die Treppe runterlief. Einen Moment blieb er liegen und versuchte einzuschlafen. Dann entschloss er sich, Sara zu folgen. Sie saß im Wohnzimmer und hatte den Fernseher eingeschaltet. Auf einem Privatsender konnte man sehen, wie eine junge Frau vor einer Jury aus Prominenten eine Vogelspinne in den Mund nahm und dann Mundharmonika spielte.

»Für diesen niveaulosen Blödsinn hast du mich auf der Bettkante sitzen lassen?«, fragte Markus.

Sara sah sich die Szene in Ruhe zu Ende an. Erst danach antwortete sie: »Im Ersten wurde in einem Krimi ein Mensch getötet, aber den konnte ich mir nicht ansehen. Das verstehst du doch sicher.«

Kaum hatte sie diese Worte ausgesprochen, trat Markus zwei Schritte vor, baute sich vor dem Sofa, auf dem seine Frau lag, auf und gab ihr eine schallende Ohrfeige.

Sara zuckte zusammen. Dann sahen sich Markus und Sara Albrecht hasserfüllt an. Einige Minuten verharrten sie in ihrer Position und starrten sich einfach nur an. Dann sprang Sara auf und verließ den Raum. Markus blieb ratlos zurück.

11. Kapitel

11. Juli 2016

Frauke staunte nicht schlecht, als Wagner am Morgen auftauchte und Jan freundlich grüßte.

»Ich habe in der Nacht noch einige Recherchen betrieben«, sagte Wagner. »Auch einen Kaffee?«

Jan nickte.

Wagner kam mit zwei Tassen wieder.

»Gegen Müller gab es vor fünf Jahren mal eine Anzeige wegen Kindesmissbrauchs. Seine Schwester warf ihm vor, dass er ihren achtjährigen Sohn belästigt haben soll. Die Anzeige wurde aber zurückgezogen. Ob da etwas dran war, wissen wir nicht«, erklärte Wagner.

»Der Sohn der Schwester war fast im gleichen Alter wie das Kind der Stürmers heute«, stellte Jan fest.

»Korrekt. Wir haben keinerlei Beweise, aber ganz so abwegig ist der Gedanke nicht mehr, dass Müller tatsächlich ein abartiges Interesse daran haben könnte, Kinder zu entführen und sich an ihnen zu vergehen.«

»Aber dann hätte er den kleinen Stürmer doch nicht mehr freigelassen?«, gab Jan zu bedenken.

»Dann stellen wir uns mal eine andere Möglichkeit vor: Vielleicht ist der Junge vor Müller geflohen. Er erzählt seinen Eltern, was der Entführer mit ihm gemacht hat, irgendwie gelingt es den Eltern, den Schänder ihres Kindes zu identifizieren – und dann sehen sie rot und schlachten Erik Müller ab. Das wäre zumindest ein noch stärkeres Motiv, Müller umzubringen. Und es passt auch zur Tötungsweise: Der Mann wurde ja regelrecht niedergemetzelt.«

»Klingt nicht ganz unlogisch«, gab Jan zu. »Aber wir haben keinerlei Indizien, mit denen wir den Stürmers einen Mord nachweisen könnten.«

»Daran arbeiten wir jetzt – kommen Sie!«, sagte Wagner und forderte Jan auf, ihm zum Parkplatz zu folgen. »Wir fahren mit zwei Autos.«

* * *

Als Jan gut eine Stunde später bei Stürmers eintraf, saßen die Eheleute aufrecht auf dem Sofa und zeigten keine Regung. Keine freundliche Begrüßung, keine Wut über die unangekündigte Störung, keine Bemühungen, die Situation zu überspielen. Wagner, der schon länger dort war, stand dagegen aufrecht in ihrem Wohnzimmer und sah Jan zufrieden an. Jan holte tief Luft und holte aus. Nun lag es an ihm, Härte zu zeigen.

»Ich nehme an, Herr Stürmer hat Ihnen schon bestätigt, dass ihm ein Erik Müller bekannt ist?«, fragte er, und Wagner nickte. Die Stürmers starrten nur vor sich hin.

»Und Frau Stürmer hat Ihnen sicher auch sagen können, wo sie den Abend verbracht hat, als Müller ermordet wurde?«, bohrte Jan weiter.

Wagner nickte wieder. »Bei ihren Eltern.«

»Und konnte das zweifelsfrei bestätigt werden?«, fragte Jan.

»Nein«, antwortete Wagner und zog das N zynisch in die Länge. »Bei meiner telefonischen Nachfrage hat mir ihr Vater glaubwürdig bestätigt, dass sie seit Wochen nicht mehr bei ihm gewesen ist. Er wusste allerdings auch nichts davon, dass er ihr ein falsches Alibi geben sollte. Vielleicht hätten sie sich vorher mal absprechen sollen. Woran man nicht alles denken muss, wenn man seinen ersten Mord plant.«

Die Stürmers zeigten keine Reaktion.

»Ich halte es auch für extrem unwahrscheinlich, dass sie zu dieser Zeit bei ihren Eltern war«, bestätigte Jan und zog sein Smartphone aus der Tasche. Dann hielt er Wagner ein Facebook-Foto von Mechthild Stürmer vor die Nase und zeigte es auch dem schweigsamen Ehepaar.

»Es ist doch immer gut, wenn man so leicht in sozialen Netzwerken auffindbar ist«, sagte Jan. »Kennen Sie das *Blue Shadows?* Wir haben herausgefunden, dass Erik Müller dort die letzten Stunden vor seinem Tod verbracht hat. Der Barkeeper, der an diesem Abend dort Dienst hatte, hat Sie auf Ihrem Facebook-Profilbild sofort wiedererkannt, als ich es ihm gezeigt habe. Er sagt, er erinnere sich meistens gut an die Gäste der letzten

Tage, und war sich ganz sicher, dass Sie zur gleichen Zeit dort waren, als Müller auch die letzten Momente seines Lebens genossen hat. Auch eine Kellnerin des Lokals hat Sie unabhängig vom anderen Zeugen identifizieren können. Also fassen wir bis hierhin zusammen: Es gibt eine Verbindung zwischen Ihnen und dem Mordopfer: eine miese Betrugsmasche von Müller, die Sie um Ihr Geld gebracht hat. Sie lügen, als Sie nach Ihrem Aufenthalt in der Tatnacht gefragt werden. Sie waren unmittelbar in der Nähe des Opfers, bevor es getötet wurde. Habe ich etwas vergessen?« Jan sah Wagner fragend an.

»Mama?«

Ein Kind kam hereingelaufen. Ein Junge von etwa zehn Jahren.

»Hallo. Hast du denn keine Schule heute?«, fragte Wagner freundlich.

Das Kind sah seine Mutter verängstigt an.

»Ach so, ja, ich weiß. Das war sehr schlimm für dich, nicht wahr?«, fragte Wagner einfühlsam.

Das Kind nickte.

»Hat dir der Mann eigentlich wehgetan?«, fragte Wagner.

Das Kind nickte stumm. Tränen liefen ihm über das Gesicht.

Wagner dachte vermutlich gerade das Gleiche wie Jan: Das Verhalten des Kindes war ungewöhnlich. Es ließ zumindest die Interpretation zu, dass es vor Kurzem entführt und misshandelt worden war.

»Das reicht jetzt!«, schrie Stürmer ihn an und nahm seinen Sohn in den Arm.

»Frau Stürmer, wären Sie bereit, uns eine Haarprobe von Ihnen zu geben?«, fragte Wagner.

Mechthild Stürmer zögerte.

»Es wäre zu Ihrem Vorteil, wenn Sie kooperieren«, sagte Wagner ruhig.

Mechthild Stürmer griff langsam an ihren Kopf und zog ein Haar heraus. Wagner steckte es in eine Tüte.

»Wir haben noch ein paar weitere Fragen an Sie. Wären Sie so freundlich, uns nun zu begleiten?«, forderte Wagner sie auf.

Mechthild Stürmer zitterte am ganzen Leib. Sie drückte ihr Kind fest an sich, als wollte sie es nie wieder loslassen. Dann ging sie mit Wagner und Jan aus der Wohnung.

* * *

Es war doch zu ärgerlich, dachte er und zog hastig das Laken von der Matratze, die auf dem Boden der kleinen Zelle in seinem Keller lag. Warum musste dieses kleine Ding ihn so verärgern? Er überlegte, wie er hieß. Ach ja: Leonard. Was für ein Name. Dieser kleine Leonard hatte ihm doch tatsächlich ins Bett gemacht, und er hatte es gerade erst bemerkt. Er brauchte die Matratze doch bald wieder.

Dann nahm er einen Lappen zur Hand und versuchte, die Flecken von der Matratze zu schrubben. Warum hatte der kleine Leonard das getan? Etwa weil er sich gefürchtet hatte? Vor ihm? Hatte er ihm denn irgendetwas getan? Nein, dachte er, er hatte sich die größte Mühe gegeben, Leonard keine Angst zu machen. Sicher, die Gittertür war nötig, und wenn er zu dem Jungen runter in den Keller gekommen war, war es unvermeidlich, dass er eine Maske tragen musste. Aber gerade deswegen vermied er es ja, sich den Kindern öfter als nötig da zu zeigen. Er brachte ihnen Essen, zu trinken und neue Bücher, und ansonsten ließ er sie in Ruhe. Niemand konnte ihm vorwerfen, böse zu den Kindern zu sein.

Er schrubbte und schrubbte.

Es gab wirklich keinen Grund, hier ins Bettchen zu machen.

Wirklich zum Fürchten waren jedoch ihre Eltern.

Er schrubbte schneller. Jetzt musste er sich aber beeilen. Bald schon musste das Bett für den nächsten kleinen Gast fertig sein. Und vorher hatte er noch etwas zu erledigen.

* * *

Er musste verrückt sein hierherzukommen. Es zerriss ihm das Herz, als er die Trauergemeinde auf dem Friedhof Zülpich sah. Markus Albrecht hielt sich dezent im Hintergrund. Mit schwarzer Sonnenbrille und angemessenem Anzug fiel er nicht weiter auf, dennoch hatte er die latente Angst, als Mörder der Frau, die hier gerade beigesetzt wurde, erkannt zu werden. Die Trauernden gingen nacheinander zum Grab von Anita Winkelmann, und die Menschenschlange schien kein Ende zu nehmen. So viele Trauergäste hatte er noch nie auf einem Friedhof gesehen.

In diesem Moment begriff er das ganze Ausmaß seiner Tat.

Neben dem Grab stand ein Mann, der untröstlich aussah. Er konnte gar nicht mehr aufhören zu schluchzen, während ihm die anderen Menschen die Hand schüttelten. Vermutlich war er der Lebensgefährte der Frau, die Albrecht ermordet hatte.

Als er die Frau mit dem Hund ausgewählt hatte, war sie ein bloßes Zufallsopfer gewesen. Er hatte schnell handeln müssen, schließlich ging es um das Leben seines Kindes. Es hätte jeder andere Spaziergänger sein können, der zur gleichen günstigen Gelegenheit am sonst menschenleeren Seeufer vorbeigekommen wäre. Zwar hatten ihn auch schwere Schuldgefühle geplagt, aber er hatte sich immer vorstellen wollen, dass es ein abstraktes Leben war, das er vernichtet hatte – wie ein Arzt, der eine Abtreibung vornimmt. Und dann hatte er den großen Bericht in der Zeitung gelesen von der Journalistin, die offenbar im See ertränkt worden sei, wie die Polizei vermutete. Damit war die Frau, die er zufällig getötet hatte, nicht mehr irgendeine Person, die sterben musste, weil nun einmal irgendjemand sterben musste. Es war nun ein konkreter Mensch mit einer eigenen Geschichte, den er aus dem Leben gerissen hatte. Fortan kannte er sogar ihren Namen. Die Beerdigung setzte dem nun noch einen drauf: Jetzt sah er, dass Anita Winkelmann auch eine Person mit konkreten Beziehungen gewesen war. Er sah Frauen, Männer, Kinder um sie trauern, verzweifelt trauern. Es war kaum zu ertragen, aber er musste es sich einfach ansehen. Das war ein Teil seiner Bußübung: sich selbst mit dem Leid der Hinterbliebenen zu konfrontieren. Markus Albrecht hatte in diesem Augenblick jedes Verständnis von falsch und richtig verloren.

»So ein Schwachsinn«, sagte eine Männerstimme neben ihm plötzlich. Einer der Trauergäste hatte sich zu ihm gesellt, ohne dass er es bemerkt hatte.

»Was?«, fragte Markus Albrecht irritiert.

»Was der Pfarrer da vorhin gesagt hat. *Und als ich wanderte im finsteren Tal, fürchte ich kein Unheil.* Psalm 23, wenn ich mich nicht irre.«

»Ja, kann sein.«

»Es gibt ja wohl keinen abgegriffeneren Psalm als diesen. Überall wird er immer zitiert. Und was soll das bedeuten? Kein Unheil fürchten? Hat Anita Winkelmann kein Unheil gefürchtet, als sie ermordet wurde?«

»Wohl schon«, murmelte Albrecht. Es war wohl besser, er würde jetzt gehen. Mit langsamen Schritten bewegte er sich weg.

»Gehören Sie zur Familie?«, fragte der Mann.

Markus Albrecht blieb stehen. »Nein, nein, sie war nur eine – flüchtige Bekannte.«

»Ah. Es ist tragisch, so tragisch, nicht wahr?«, sagte der Mann. »Einfach so ermordet. Warum?«

»Woher soll ich das wissen?«, stammelte Albrecht.

»Wissen die schon, wer der Täter ist?«, fragte der Mann.

»Keine Ahnung. Sicher irgendein Verrückter, schätze ich«, murmelte Albrecht und setzte wieder an zu verschwinden.

»Haha, ein Verrückter«, lachte der Mann so schamlos, dass Albrecht sich wieder zu ihm umdrehte.

»Wissen Sie, was ich glaube?«, fragte der Mann. »Ich glaube, dass es nicht irgendein Verrückter war. Ich glaube, dass es jeder gewesen sein kann. Man muss nicht verrückt sein, um einen Menschen umzubringen. Jeder

Mensch kann zum Mörder werden, das glaube ich. Habe ich nicht recht?«

Albrecht beachtete ihn nicht mehr und ging zum Friedhofsausgang.

»Auch Sie und ich«, rief ihm der Fremde hinterher.

Albrecht zuckte zusammen, vermied es aber, wieder zu diesem teuflischen Mann hinzusehen.

»Man muss den Menschen nur etwas nehmen, was ihnen lieb und teuer ist, dann sind sie bereit, alles zu tun. Dann vergessen sie alle moralischen Grundsätze«, rief der Mann weiter.

Das gibt es doch nicht, dachte Albrecht und drehte sich zu dem Mann um. Er war nicht mehr da. Albrecht drehte seinen Kopf in alle Richtungen, konnte diesen Kerl aber nirgendwo mehr entdecken. Er war auch schwer wiederzufinden in der Menge von Menschen, die alle Schwarz trugen. Da bemerkte er plötzlich einige Blicke, die ihm galten. Schnell ergriff er die Flucht.

* * *

Mechthild Stürmer spürte, wie sich die Schlinge um ihren Hals immer mehr zuzog.

»Darf ich bitte noch etwas zu trinken haben?«, bat sie höflich, fast unterwürfig und sah die beiden Kommissare Wagner und Grimberg an. Sie hatte noch nicht rausbekommen, wer von beiden der *good cop* war. Dieser Grimberg ging zum Wasserspender und kam mit einem vollen Pappbecher zurück. Sanft stellte er ihr das Wasser hin.

Sie trank einen großen Schluck, als könnte sie damit Zeit gewinnen.

Zeit gewinnen wofür, fragte sie sich. Jetzt kommt doch alles raus.

Grimberg ging wieder aus dem Verhörzimmer und blieb einige Minuten weg. Wagner sagte nichts. Er sah sie nur an. Nein: Seine Blicke peitschten sie aus. Das Unbehagen, der Polizei nun ausgeliefert zu sein, war kaum zu ertragen.

Irgendwann öffnete sich die Tür, und Grimberg kam wieder ins Zimmer.

»Die Ergebnisse sind da«, sagte er nüchtern. »Das Labor hat zweifelsfrei bestätigt, dass das Ihr Haar ist, das am toten Erik Müller gefunden wurde. Haben Sie dafür eine Erklärung, Frau Stürmer?«

Was sollte sie nun noch erklären?

Sollte sie das Laborergebnis in Zweifel ziehen?

Oder behaupten, der Wind hätte ihre Haare dorthin geweht?

Sollte sie sagen, sie habe den Mann dort liegen sehen, sich über ihn gebeugt, um entsetzt zu sehen, dass dort ein Toter lag, und habe dann panisch die Flucht ergriffen, ohne mit dem Mord etwas zu tun zu haben?

Oder sollte sie ganz einfach die Wahrheit sagen?

Dass sie ihn getötet hatte?

Warum sie es getan hatte?

»Frau Stürmer, das ist nun ein schwerwiegendes Indiz, das gegen Sie spricht. Wollen Sie uns nicht lieber selbst sagen, was passiert ist, damit wir das hier bald beenden können?«, fragte Wagner.

Sie überlege, ob er nicht recht haben könnte. Aber die eigentliche Wahrheit war, dass sie es immer wieder tun würde.

* * *

Jan spürte allmählich, wie ihn die Erleichterung packte. Es fühlte sich ein wenig an wie damals in der mündlichen Abiturprüfung, als er in den letzten fünf Minuten merkte, dass es gut lief, während er mit seinem Lehrer über Erkenntnistheorie und Metaphysik sprach, und dass es nun gleich vorbei sein würde und nun nichts mehr passieren konnte.

Gleich würde er einen wichtigen Erfolg verbuchen können. Die Mörderin von Erik Müller würde in einigen Minuten einknicken und gestehen. Dann hätten sie wenigstens einen der drei merkwürdigen Sommermorde aufgeklärt. Er setzte sich an den Tisch, an dem Mechthild Stürmer saß, um sie auf Augenhöhe zu sehen.

»Erik Müller war ein Schwein, nicht wahr?«, sagte Jan, und Mechthild Stürmer nickte mit einem Blick, als gäbe es ein tiefes Einverständnis zwischen ihr und Jan.

»Und deswegen musste er sterben, nicht wahr?«, sagte Jan.

»Ja«, flüsterte Mechthild Stürmer schwach.

»Erik Müller hat es mit seinem Unternehmen darauf angelegt, leichtgläubige Menschen zu ködern, die von einem eigenen Haus träumten und den Kredit schneller abbezahlen wollten als üblich. Müller hat den Menschen mit seiner Baufirma nicht nur eine Immobilie verkaufen wollen, sondern gleich mehrere. Einige Menschen sind auf Erik Müller hereingefallen, nicht nur Sie. Ich habe hier in meinen Unterlagen einen Fall von einer Familie vorliegen, die vor zwei Jahren Anzeige gegen Müller erstattete. Nachdem sie von Müller ein Haus gekauft hatte, schrieb dieser kurz darauf die Familie an mit dem Slogan *Abbezahlt zur Halbzeit.* Statt in 30 Jahren sollte die Familie den Hauskredit nach 15 Jahren getilgt haben, indem er den Eheleuten sieben weitere Immobilien andrehte, mit denen das Ehepaar durch Mieteinnahmen das eigene Haus schneller abbezahlen können sollte. Um sieben weitere Kredite bei den Banken zu bekommen, überwies Müller dieser Familie achtzigtausend Euro als Eigenkapitalnachweis, die er aber nach einigen Tagen zurückverlangte. Und dann kam das böse Erwachen: Die neuen Immobilien waren nichts wert. Bruchbuden und Bauruinen, mit denen sich keine hohen Mieteinnahmen machen ließen. Ein großes Verlustgeschäft für die geschädigte Familie, ein großes Geschäft für Müller. Und alle juristischen Mittel gegen Müller liefen ins Leere, weil dieser selbst über gute Anwälte verfügt, die solchen Druck machen können, dass es nicht einmal negative Presse über ihn gibt. Und wie dieser Familie erging es Ihnen, Frau Stürmer, auch, nicht wahr?«

»Ja, genau so war es«, sagte sie.

»Sie nahmen wieder Kontakt zu Müller auf, kamen in sein Büro, redeten auf ihn ein, schalteten Anwälte ein – aber alles ohne Erfolg. Müller war so gerissen, dass man ihm nichts anhaben konnte. Aber er hatte auch noch ein anderes schmutziges Geheimnis.«

Wieder nickte sie.

»Und dann verschwand vor einigen Tagen Ihr Sohn. Einfach so! Sie waren verzweifelt, bekamen aber dann die Nachricht vom Entführer, der Sie aufforderte, nicht die Polizei einzuschalten. Daher stritten Sie ab, dass Ihr Kind verschwunden sei. Wie durch ein Wunder konnte sich Ihr Sohn befreien, lief nach Hause, erzählte Ihnen vom Entführer, und Sie konnten herleiten, dass Erik Müller Ihr Kind entführt hatte.«

Mechthild Stürmers Blick veränderte sich.

Jan fuhr fort: »Erik Müller wurde schon einmal vorgeworfen, sich an Kindern vergangen zu haben. Hat er Ihren Sohn gesehen, als Sie in Müllers Büro waren? Er hat Gefallen an Ihrem Sohn gefunden, ihn vielleicht nach der Schule abgefangen und gewaltsam zu sich nach Hause – oder in ein Versteck – geholt, um ihn zu missbrauchen. Und als Sie Ihr Kind dann wiederhatten, haben Sie und Ihr Mann all Ihren Hass auf Müller gebündelt. Ja, Sie hatten genug Gründe, ihn so zu hassen, dass Sie ihn umbringen konnten. Sie haben ihm aufgelauert, ihn an seinem letzten Tag beobachtet, stundenlang in der Bar gesessen, in der er seinen Feierabend verbracht hat, sind ihm dann auf dem Nachhauseweg gefolgt und haben in einer dunklen Gasse die Gelegenheit genutzt und ihm ein Küchenmesser in den Rücken gerammt. Und als er dann in die Knie sank, haben Sie sich noch mal daran erinnert, was er Ihrem Sohn und Ihnen angetan hat, und dann fiel es Ihnen leicht, weitere Male auf ihn einzustechen. Sie sind ja gar kein schlechter Mensch, Frau Stürmer, aber wenn so eine miese Ratte wie Erik Müller Ihr Leben ruiniert, Ihnen erst Ihre finanzielle Grundlage nimmt und dann auch noch Ihr Kind, dann kann jeder zum Mörder werden, auch Sie. Und wenn man dann mit einem scharfen Messer vor dieser Person steht, die man aus nachvollziehbaren Gründen derart hasst, dann ist die Hemmschwelle sehr gering, einfach zuzustechen, nicht wahr? Und weil niemand von der Entführung wusste – so glaubten Sie zumindest –, hatten Sie erst einmal auch gar keinen Grund, Angst zu haben, dass Sie in Verdacht geraten.«

»Es ist fast alles richtig, was Sie sagen«, fiel Mechthild Stürmer ihm plötzlich ins Wort. »Fast alles, Herr Kommissar.«

Jan sah sie fragend an.

»Erik Müller hat unseren Sohn nicht entführt«, antwortete sie.

»Soll das heißen, Sie haben einen Unschuldigen getötet?«

»Nein, ich habe keinen Unschuldigen getötet!«

»Ich verstehe nicht ganz …«

Mechthild Stürmer holte tief Luft. »Erik Müller war ein Schwein. Das haben Sie doch selber gesagt. Er hat es verdient zu sterben. Aber er hat meinen Sohn nicht entführt.«

»Wer dann?«, fragte Jan perplex.

»Ich weiß es nicht. Ich weiß nicht, wer er ist. Als ich Leonard von der Schule abholen wollte, war er nicht da. Ich bin fast verrückt geworden, und dann bekam ich eine Nachricht von einem fremden Mann, der sagte, er habe Leonard entführt.«

»Aber warum haben Sie dann Erik Müller umgebracht?«

»Weil der Entführer es so wollte.«

Jan sah sie überrascht an. War das die Lösung des Falls?

»Sie waren sein Handlanger und sollten für ihn Erik Müller töten?«

Mechthild Stürmer schüttelte energisch den Kopf. »Nein, nicht Erik Müller. Wir, mein Mann oder ich, sollten *irgendeinen* Menschen töten.«

Jan konnte nicht glauben, was er da gerade hörte. »Was? Sie sollten irgendeinen Menschen töten?«, fragte er nach.

»Ja, das war die Forderung, damit der Entführer Leonard freilässt. Wir sollten einfach irgendeinen Menschen dafür umbringen.«

»Einfach?«, wiederholte Jan.

»Wie soll ich es denn sonst ausdrücken? Es gab keine genaueren Angaben. Eine Frau, ein Mann, ein Christ, ein Buddhist – egal, einfach irgendeinen Menschen, dann lässt er unser Kind frei.«

»Und Sie haben sich dann für Müller entschieden, weil Sie mit ihm sowieso noch eine Rechnung offen hatten?«

»Irgendwen mussten wir ja umbringen. Bei Erik Müller fiel uns das nicht ganz so schwer.«

Jan sah sie an und sagte kein Wort. Er war buchstäblich sprachlos.

»Ja, was hätten Sie denn getan?«, fragte Mechthild Stürmer, als sie Jans Gesichtsausdruck sah.

»Und Sie konnten so einfach einen Menschen ermorden?«

»Haben Sie Kinder, Herr Grimberg?«

»Nein.«

»Dann verstehen Sie das nicht. Für sein eigenes Kind ist man bereit, so ziemlich alles zu tun. Ich würde für mein Kind sterben, ich würde für mein Kind töten – und ich wäre bereit, es noch einmal zu tun, wenn ich wieder in der gleichen Situation wäre.«

Das kam aus tiefstem Herzen, stellte Jan fest. Immer wieder tauchte in seinen Gedanken die gleiche Frage auf: Warum wollte der Entführer, dass die Eltern wahllos einen Menschen ermorden? »Und wie hat der Entführer überprüft, dass Sie der Forderung nachgekommen sind?«

»Ich sollte ihm ein Foto vom …« Frau Stürmer stockte. »Vom Getöteten schicken mit Angaben, wo die Leiche zu finden ist. Danach hat er sich wohl ein Bild vom Tatort gemacht, denke ich. Jedenfalls kam dann irgendwann eine Nachricht von ihm, dass nun alles in Ordnung sei, und wir konnten unser Kind abholen.«

Vielleicht war der Kerl ganz in der Nähe, während wir Spuren am Tatort gesichert haben, dachte Jan.

»Und wo genau konnten Sie Ihren Sohn wiederbekommen?«

»In einem Waldstück auf der Schavener Heide. Aber den Entführer habe ich nicht zu Gesicht bekommen. Das war uns aber auch völlig egal.«

»Und, wie geht es Ihnen nun mit dem Gedanken, einen Menschen getötet zu haben?«

Mechthild Stürmer zuckte mit den Schultern. »Es ist nicht schade um ihn.«

Hervorragend, dachte Jan. War es so einfach, Menschen zu Mördern zu machen? Dann musste man sich ja auch nicht weiter über die deutsche Vergangenheit wundern.

»Was sagt Ihnen der Name Elisabeth Weber?«, fragte Jan weiter.

»Wer?«

»Elisabeth Weber. Eine ältere Dame.«

»Kenne ich nicht.«

»Waren Sie schon einmal an der Kakushöhle?«

»Als Eifeler kennt man die natürlich. Aber ich war da noch nie.«

»Zülpicher See?«

»War ich schon oft.«

»Anita Winkelmann?«

»Ist das nicht die Journalistin, die gestorben ist? Das stand doch in der Zeitung.«

»Sie ist nicht einfach gestorben, sie wurde ermordet.«

»Herr Grimberg, ich gestehe den Mord an Erik Müller. Er ist der einzige Mensch, den ich umgebracht habe. Die Gründe kennen Sie ja jetzt. Aber einen anderen Mord können Sie mir nicht auch noch in die Schuhe schieben. Die genannten Personen kenne ich nicht, und ich habe mit denen auch nichts zu tun.«

Jan glaubte ihr. Ein Mord war nun so gut wie aufgeklärt. Aber er hatte eine Ahnung, wo er die Lösung für den Mord an Anita Winkelmann und Elisabeth Weber finden konnte.

12. Kapitel

12. Juli 2016

Wie wäre es mit Südamerika? Oder Indonesien? Markus Albrecht konnte sich nicht entscheiden. Aber der Wechsel in den Auslandsschuldienst wäre auf jeden Fall eine interessante Option. Lena und Sara würde er noch nichts davon sagen. Erst einmal müsste er die Bewerbung abschicken. Und dann würde er überlegen, ob er sich eine eigene Wohnung besorgen konnte. Vielleicht in der nächstgelegenen Großstadt, wo er anonymer leben könnte als hier in der Eifel?

Albrecht öffnete im Browser ein neues Fenster. Neben der Homepage vom Auslandsschuldienst öffnete sich eine Suchmaschine. Albrecht gab den Namen einer Wohnungsbörse ein und schrieb *Bonn* in die Suchmaske. Sofort wurden einige Ergebnisse angezeigt. Er brauchte ja nur zwei Zimmer. Schöne Wohnungen gab es dort.

»Papa, spielst du mit mir Badminton?«, fragte Lena, die plötzlich vor seinem Arbeitszimmer stand.

»Nein, ich habe keine Zeit. Frag Mama!«, sagte er schroff.

Lena wandte sich von ihm ab und lief die Treppen hinunter. Er hörte, dass sie weinte.

Die Türklingel beendete seine Suche nach einem neuen Leben.

Er schloss hektisch die Internetseiten und ging zum unteren Hausflur.

Es waren Grimberg und Wagner.

War es nun so weit?

Lena spielte draußen mit Sara. Sie konnten im Wohnzimmer ungestört reden.

»Wir haben nachgedacht«, begann Wagner.

»Erlauben Sie uns zunächst eine kleine Frage«, fuhr Grimberg fort. »Stellen Sie sich vor, ein Güterzug gerät außer Kontrolle und rollt ungebremst auf einen vollbesetzten, stehenden Personenzug zu. Angenommen, Sie hätten die Möglichkeit, die Weiche umzustellen. Der Güterzug würde dann auf ein anderes Gleis rollen, auf dem sich allerdings ein tauber Gleisarbeiter befindet, der in diesem Fall überrollt werden würde. Würden Sie die Weiche umstellen?«

»Ich verstehe nicht, warum Sie das wissen wollen«, sagte Albrecht.

»Würden Sie es tun, wenn Sie der einzige Mensch wären, der verhindern könnte, dass viele Menschen im Personenzug sterben – würden Sie das Gleis umstellen und das Leben eines Menschen opfern?«

»Vielleicht«, sagte Albrecht. »Aber ich bin mir nicht sicher. Vielleicht auch nicht. Ich weiß nicht, ob ich …« Albrecht stockte. So langsam verstand er, was Grimberg ihm damit sagen wollte.

»Sie wissen nicht, ob Sie einen Menschen sterben lassen könnten?«, fragte Grimberg.

Keine Antwort.

»Würden Sie es denn tun, wenn Ihre Tochter in dem Personenzug sitzt?«, fragte Grimberg weiter.

Keine Antwort.

»Wissen Sie das wirklich nicht?«, fragte Wagner.

»Das ist ein moralisches Dilemma, die Geschichte mit dem Weichensteller. Eine Situation, in der es keine richtige Handlung gibt. Was man auch tut, fühlt sich falsch an. Lassen Sie den Zug auf den anderen Zug krachen, fühlen Sie sich vielleicht schuldig, weil Sie das Unglück hätten verhindern können. Lassen Sie den Gleisarbeiter überrollen, fühlen Sie sich auch schuldig, weil Sie zwar das größere Unglück verhindert haben, aber dennoch aktiv dafür verantwortlich sind, dass ein Mensch gestorben ist. Egal, was man tut, man fühlt sich schuldig. Das ist schrecklich, oder? Das wünscht man nicht seinem schlimmsten Feind. Oder wie fühlen Sie sich in Ihrem persönlichen Dilemma?«

Albrecht weinte jetzt. »Es ist wie ein Geschwür, das von innen wächst, jeden Tag größer wird und mein Leben zerstört«, schluchzte er.

»Wollen Sie uns Ihre Dilemma-Geschichte erzählen?«, fragte Jan.

Albrecht weinte weiter und konnte nicht sprechen.

»Dann erzählen wir sie Ihnen«, fuhr Jan fort. »Sie standen vor der Wahl, ob Sie das Leben Ihres Kindes retten und einen Menschen dafür töten oder ob Sie es unterlassen – und Ihre Lena dann stirbt.«

»Ja«, flüsterte Albrecht. Als er es aussprach, löste sich ein dicker Knoten in seinem Inneren. Er fühlte sich plötzlich ganz leicht. Wozu sollte er noch dafür kämpfen, dass der Mord nicht rauskam? Seine Frau war ihm fremd geworden, und Lena, für die er getötet hatte, ekelte ihn an. Er hatte eine zu schwere Schuld auf sich geladen, um sein eigenes Kind, für das er diese Last trug, noch lieben zu können.

Dann setzte er an und erzählte den beiden Kommissaren alles. Wie Lena plötzlich verschwunden war, wie die Mail vom Entführer gekommen war mit der Aufforderung, für die Freilassung Lenas zu töten, wie er beim Spaziergang Anita Winkelmann über den Weg gelaufen war und beschlossen habe, sie zu ertränken, wie sie Lena in der Filskaul zurückbekommen hätten. Nur auf zwei Fragen konnte er keine Antwort geben: wer der Entführer war und warum dieser einen Mord forderte.

* * *

Jan war völlig erschöpft, als sie in der Kreispolizeibehörde ankamen. Verhaftungen waren anstrengend. Die Anspannung war größer als bei anderen Vernehmungen, die nicht mit der Festnahme endeten. Und er spürte, wie sich die Spannung der letzten Tage löste und wie eine wohltuende Ermattung durch seinen Körper glitt und ihn angenehm müde machte. Zwei Mörder an einem Tag gestellt – das war keine schlechte Arbeit, die er heute mit Wagner geleistet hatte. Dennoch mussten sie den Fall noch schleunigst zu Ende bringen.

»Unsere einzige mögliche Spur zum Mörder von Elisabeth Weber ist Steffen Weber«, sagte Jan. »Vorausgesetzt, sein Gefühl stimmt, dass der Mörder ihn besucht hat. Dann können wir vermuten, dass die Tochter des

Mörders Antonia heißt, die vor dem Mord an Elisabeth Weber entführt wurde – dann ergibt der Satz *Es ist wegen Antonia* Sinn. Außerdem haben wir das Phantombild, das Weber rekonstruiert hat.«

»Wir brauchen alle verfügbaren Leute, die sich ans Telefon hängen«, ordnete Wagner an. »Wir haben zwei Baustellen: Erstens suchen wir nach einem Kind namens Antonia, das vor dem 3. Juli an einer Schule im Kreis Euskirchen krankgemeldet wurde. Und zweitens müssen wir wissen, ob aktuell weitere Kinder an den Schulen hier in der Nordeifel krank oder vermisst gemeldet sind. Möglicherweise stiftet der mysteriöse Entführer ja noch mehr Menschen zum Mord an.«

Frauke sah Wagner ernst an und gab die Anweisung weiter. Es galt, keine Zeit zu verlieren.

Eine Stunde später hatten sie für den Tag vor Webers Ermordung zwei Antonias auf der Liste stehen, die für exakt die gleichen zwei Tage krankgemeldet waren: Antonia Theißen wohnte in Nettersheim und ging zur Grundschule in Zingsheim, und Antonia Stanovic wohnte in Gemünd und besuchte dort die Grundschule.

»Ich wusste nicht, dass Antonia auch so ein Modename ist«, sagte Wagner. »Ausgerechnet jetzt, wo wir einen genauen Treffer brauchen, taucht der Name mehrmals auf.«

»Aber ich bin mir sicher, dass uns eine der beiden Antonias zum Kakushöhlen-Mörder führt«, bemerkte Jan.

»Dann nichts wie los. Holen wir uns die Eltern.«

* * *

Michael Stanovic und Simon Theißen sahen zwar nicht aus wie Zwillinge, aber sie ähnelten sich so weit, dass beide auf das Täterprofil des Phantombildes passten. Beide hatten einen Bart, der als Henriquatre durchging, schütteres, braunes Haar, das bei Theißen schon als Halbglatze gelten konnte, beide waren eher dünn, nicht allzu groß und zwischen Ende zwanzig und Anfang dreißig. Die beiden Männer waren sofort mit zur Behörde genommen worden und wurden in getrennten Räumen vernommen, während die beiden Antonias von zwei Psychologinnen befragt wurden, um nach Hinweisen auf eine Entführung zu suchen. Nach den Geständnissen von Albrecht und Stürmer gab es so gut wie keinen Zweifel mehr, dass die Ermordung Webers mit einer Entführung zusammenhing. Steffen Weber sollte ebenfalls als Zeuge bestellt werden, war aber gerade nicht erreichbar.

Michael Stanovic saß mit verschränkten Armen da, weigerte sich zunächst, kooperative Antworten zu geben, wollte aber auch keinen Anwalt in Anspruch nehmen.

»Was ist denn das für ein Polizeistaat, in dem wir leben?«, fragte er. »Dass die Polizei schon eingreift, wenn man sein Kind krankmeldet?«

»War Antonia denn wirklich krank?«, wollte Wagner wissen.

»Aber ja«, gab Stanovic zurück.

»Und was hatte sie?«

»Chronische Schulunlust. Sie musste immer brechen, wenn sie an ihren Matheunterricht dachte.«

»Das ist hier kein Witz, Herr Stanovic.«

»Das ist mir neu.«

»Kennen Sie Elisabeth Weber?«

Wagner suchte nach einer Regung im Gesicht des Mannes. Stanovic zögerte einen Augenblick. Schließlich sagte er ohne erkennbare emotionale Reaktion: »Nein, Sir.«

»Warum haben Sie so lange gezögert?«

»Ich habe überlegt, ob ich sie vielleicht irgendwoher kennen würde. Darf ich jetzt bald mal wieder gehen?«

Wagner zögerte einen Moment, dann sagte er: »Nein, Sir.«

»Ich müsste dann mal zur Toilette«, verlangte Stanovic.

»Später«, antwortete Wagner. »Erzählen Sie uns mal, was Sie am 3. Juli so alles gemacht haben.«

»Erzählen Sie mir doch, was Sie vor zwei Wochen so getrieben haben – und mit wem.«

»3. Juli. Also?«

»Ich habe tagsüber gearbeitet, war zwischendurch ungefähr drei Mal auf Toilette, habe zu Hause mit Antonia gespielt und abends alleine ferngesehen. An dem Tag hat meine Frau immer ihren Damenabend. Darf ich jetzt gehen?«

»Nein, Sir.«

* * *

Die Vernehmung Theißens verlief nicht besser.

»Natürlich war Antonia an dem Tag krank«, beteuerte er. »Wie das bei Kindern so ist. Plötzliches Fieber, Schüttelfrost, und nach zwei Tagen war alles wie weggeblasen.«

»Kennen Sie Elisabeth Weber?«

Theißen schüttelte den Kopf.

»Sie ist vor einigen Tagen ermordet worden. Von einem Menschen, dessen Kind vermutlich entführt wurde. Der Entführer hat den Mord angeordnet, damit das Kind wieder freigelassen wird. Das Kind heißt Antonia.«

Theißen sah Jan irritiert an, sagte aber nichts.

»Herr Theißen, Sie sind gerade so ruhig geworden. Kennen Sie vielleicht doch eine Elisabeth Weber?«

»Was soll das? Warum erzählen Sie mir das?«, flüsterte Theißen.

»Möchten Sie einen Kaffee? Es kann noch eine Weile hier dauern.«

Theißen nickte stumm.

* * *

Draußen im Flur traf Jan auf Bilinski.

»Haben Sie schon etwas von den Psychologinnen gehört, die sich die Kinder ansehen?«

Bilinski zuckte mit den Schultern. »Sie sagen, dass sich beide Kinder relativ unauffällig verhalten. Antonia Stanovic wirkt wohl ein bisschen nervös, aber eindeutige Hinweise auf eine Entführung können sie nicht feststellen. Noch nicht.«

»Kein Wunder, dass das Kind nervös ist – bei dem Vater. Wenn der zu Hause auch so ein arroganter Kerl ist«, schaltete sich Wagner ein.

»Können wir nur hoffen, dass unser Joker noch weiterhelfen kann«, sagte Jan.

»Grimberg, Wagner – hier ist Besuch für euch«, rief Frauke über den Flur.

»Vielleicht ist er das«, meinte Jan und lief zu ihr.

Tatsächlich war ihr Joker eingetroffen: Steffen Weber war den ganzen Nachmittag nicht erreichbar gewesen, hatte aber offenbar seinen Anrufbeantworter abgehört.

»Wir bereiten ihn jetzt behutsam auf die Konfrontation mit dem Mörder seiner Frau vor«, murmelte Jan Wagner zu. »Keine übereilten Schritte. Wir lassen Weber einen Blick durch die Büroscheibe auf die beiden Männer werfen.«

»Keine gute Idee«, konterte Wagner. »So ähnlich, wie die beiden sich sehen, könnte sich Weber bei dem ein oder anderen irren – oder sich nicht entscheiden, wenn er die beiden nur von Weitem sieht. Der Mann, der ihn besucht hat, war schließlich nur für kurze Zeit bei ihm, und das ist ein paar Tage her. Wir machen das anders.«

Unter einem Vorwand bat Jan kurz darauf Theißen, den Raum zu wechseln. Jan ließ Theißen über den Flur vorlaufen und folgte dicht hinter ihm. Am Ende des Flures saß Weber. Jan sah schon aus der Ferne, dass Weber große Augen machte, als er Theißen sah. Auch Theißen zeigte eine Reaktion – das war von Wagner offenbar beabsichtigt. Theißen blieb wie in Schockstarre stehen. Weber sprang auf und rannte auf Theißen los.

»Was hast du mit meiner Frau gemacht, du Schwein!«, brüllte Weber, während er auf Theißen losging und ihn am Kragen packte. »Das ist er, das ist er! Warum hast du sie umgebracht? Warum hast du sie umgebracht?«

Theißen schrie in Panik, sank in die Knie, legte sich die Unterarme schützend vor das Gesicht und jammerte: »Es tut mir leid, wirklich, es tut mir so leid! Es ging einfach nicht anders!«

Bilinski und Wagner eilten herbei und zogen Weber vom Mörder seiner Frau weg.

»Was tut Ihnen leid, Herr Theißen?«, fragte Jan.

»Ich habe die alte Frau vom Kartsteinfelsen gestoßen. Es hat sich ... einfach so ergeben. Sie ist freiwillig an den Rand des Abgrunds gegangen, und ich musste ihr nur einen kleinen Schubs geben. Ich musste es doch tun, um Antonia wiederzukriegen. Er hätte sie sonst umgebracht.«

Weber schäumte vor Wut. Mit aller Kraft mussten Wagner und Bilinski ihn festhalten. Ein weiterer Kollege kam hinzu, um ihn in einen anderen Raum zu bringen.

»Vielleicht wäre sie ja sowieso runtergestürzt. Sie ist doch freiwillig an den Rand des Felsens gegangen«, rief Theißen ihm mit einem erbärmlichen Schluchzen hinterher.

»Es ist gut, dass es jetzt raus ist, nicht wahr?«, fragte Jan, und Theißen nickte erleichtert. »Wir gehen noch mal ins Verhörzimmer, und dann erzählen Sie von vorne.«

* * *

Theißen brauchte eine halbe Stunde, bis er sich endgültig beruhigt hatte, dann packte er aus. »Eigentlich wissen Sie doch schon alles«, begann er.

»Wir wollen es aber gerne von Ihnen hören«, sagte Jan.

Und Theißen setzte an: »Antonia wollte nachmittags eine Freundin besuchen und kam dort nicht an. Zwei Stunden später bekamen wir die Nachricht von diesem

Kerl, dass er Antonia entführt hat und wir sie lebend wiederbekommen, wenn wir einen Menschen töten. Zuerst dachten wir, dass es ein Scherz wäre, aber als wir dann Antonias verzweifelte Stimme hörten, wussten wir, dass es dem Entführer ernst war. Warum er das von uns verlangt hat, wissen wir bis heute nicht, aber es war klar, dass er keinen Spaß machte. Also überlegten wir, meine Frau und ich, wie wir vorgehen wollten. Ich schlug vor, einen alten Menschen auszusuchen. Sie wissen schon: einen Menschen, der den größten Teil des Lebens schon hinter sich hat.«

Jan sah Theißen entsetzt an.

»Hätte ich denn lieber einen Teenager ermorden sollen?«, fragte Theißen.

Jan wusste nicht, was er darauf antworten sollte.

»Na, jedenfalls bin ich dann irgendwo hingefahren, wo man Menschen treffen konnte, aber nicht mit zu vielen rechnen musste. Die Kakushöhle fiel mir als Erstes ein, sie ist einen Versuch wert, dachte ich. Und tatsächlich war nicht viel los an dem Tag, nur ein paar Wanderer, eine davon war Frau Weber. Was sollte ich denn machen? Ich hatte gar keinen richtigen Plan. Bin ihr einfach mal unauffällig gefolgt. Dann ist sie den Wanderweg hoch zum Felsen gegangen, und es wurde plötzlich sehr windig. Sie trug diesen Hut, wissen Sie, den der Wind ihr vom Kopf blies. In die Nähe des Abgrunds. Das habe ich dann als eine Art Wink des Schicksals gesehen. Bin hinterher. Und als sie ihren Hut wiederhatte, stand sie mit dem Rücken zum Abgrund, ich nahm sie am Handgelenk und schubste sie hinunter. Das war alles.«

»Das war alles«, wiederholte Jan fassungslos.

»Wie ging es Ihnen damit?«, fragte Jan. »Nachdem Sie es getan hatten?«

»Beschissen – aber was sollte ich machen?«, antwortete Theißen, als erzählte er von einer leichten Grippe.

»Keine Gewissensbisse?«, fragte Jan.

»Im ersten Moment nicht. Eher Erleichterung. Dass ich nun meine Tochter wiederkriege«, sagte Theißen.

»Daran haben Sie nie gezweifelt – dass Sie Ihr Kind lebend wiedersehen, wenn Sie die Bedingung erfüllen?«

»Nein.«

»Und wie ging es dann weiter?«

»Ich tat, was der Mann angewiesen hatte: machte ein Foto von der Toten, schickte es ihm mit den Angaben zum Tatort und machte mich aus dem Staub. Zwei Stunden später schickte er mir die Koordinaten für den Aufenthaltsort von Antonia.«

»Wo war sie?«

»In einer Höhle in der Filskaul. Das liegt zwischen Kommern und Mechernich.«

»Wir wissen, wo das ist.«

»Haben Sie den Entführer gesehen?«

»Nein.«

»Haben Sie eine Ahnung, wer es sein könnte?«

»Nein.«

»Hat Ihre Tochter irgendetwas über ihn erzählen können?«

»Nur dass er eine Maske getragen hat. Und dass sie in einem dunklen Käfig in einem Keller gesessen hat. Sie war die meiste Zeit allein.«

Jan seufzte schwer. Die Mörder hatten sie nun alle. Aber vom eigentlichen Übeltäter fehlte noch jede Spur.

»Warum haben Sie Weber besucht?«

Theißen faltete die Hände wie zu einem Gebet. Dann antwortete er: »Weil das Gewissen sich dann irgendwann doch bemerkbar gemacht hat. Es kam plötzlich hervor und drückte auf meine Schultern wie ein Sack voller Steine.«

»Wäre schlimm, wenn es anders wäre«, sagte Jan.

»Ja.«

»Ich glaube, ich wollte es ihm eigentlich sagen. Herrn Weber, meine ich. Aber ich habe es nicht herausbekommen und habe gehofft, dass er es selber merkt.«

Wagner kam hereingestürmt. »Es gibt einen neuen Entführungsverdacht«, sagte er. Jan sprang sofort auf.

* * *

Jan war auf der Autofahrt sehr nachdenklich, während Wagner hektisch zum beschaulichen Dörfchen Eiserfey flitzte. »Das ist doch absurd, oder?«, sagte Jan schließlich. »Wenn das alles wahr ist, was wir vermuten, dann sind wir gerade auf dem Weg zu den Menschen, die gleichzeitig Täter und Opfer sind. Wir müssen das Ehepaar Hess nun erwischen, um zu verhindern, dass sie einen Mord begehen – gleichzeitig müssen wir das Leben ihres Kindes retten. Und das, obwohl eigentlich nur das eine oder das andere möglich ist.«

Wagner blieb stumm und wirkte erstaunlich cool.

»Beunruhigt Sie das gar nicht? Sagen Sie doch mal was!«

»Das Wichtigste ist doch zunächst mal, dass wir rechtzeitig bei Familie Hess ankommen, um zu verhindern, dass sie jemanden umlegen«, sagte Wagner. »Wenn es nicht schon zu spät ist. Aber ich gehe davon aus, dass diese gutbürgerlichen Menschen, die es nicht gewohnt sind, kriminell zu sein, eine Weile brauchen werden, ehe sie sich zu einem Mord durchringen. Dass sie es jedoch tun werden, halte ich für so gut wie sicher. Wer würde das nicht tun? Töten, um sein Kind zu retten?«

»Wohl jeder. Wenn es um die eigene Existenz geht, oder um das Liebste, was man hat, pfeift jeder auf die Moral. Dann zählen die zehn Gebote oder der kategorische Imperativ nicht mehr«, stimmte Jan zu. »Und der Beschützerinstinkt kommt wohl bei jedem durch, wenn man einem bösen Menschen gegenübersteht, der das töten will, was man liebt. Wer die Möglichkeit hat, den, der die Familie bedroht, zu töten, tut es.«

»Ich hatte tatsächlich mal so einen Fall«, sagte Wagner. »Ein Familienvater, der einen Einbrecher erschlagen hat, weil der damit drohte, sein Kind zu wecken und zu töten, wenn der Vater nicht verrät, wo der Tresor im Haus versteckt ist.«

»Er hätte auch einfach das Versteck für den Tresor nennen können«, sagte Jan.

»Ich glaube, dass er an diese Option in dem Moment, wo das Leben seines Kindes in Gefahr war, gar nicht gedacht hat.«

»Dieser Fall ist aber noch einmal anders: Das Perverse ist ja, dass die Eltern einen Unschuldigen töten sollen, nicht den, der ihr Kind bedroht«, gab Jan zu bedenken. »Warum zum Teufel verlangt der Entführer das?«

»Seien Sie mal eben still«, befahl Wagner.

Jan sah ihn grimmig an. Wagner fuhr weiterhin sehr schnell, konzentrierte sich auf die Straße und starrte mit angestrengtem Blick durch die Windschutzscheibe. Nach ein paar Minuten sagte er schließlich: »Ich habe jetzt einen Plan!«

* * *

Wagner parkte den Wagen nicht direkt vor dem Haus der Familie Hess, sondern in der Parallelstraße. Dann stieg er aus, zog sich eine Botenjacke an und holte ein kleines Paket aus dem Kofferraum.

»Gehen wir«, sagte er zu Jan, der ihn verblüfft ansah.

Wagner hob das Paket an. »Sollte man immer dabeihaben. Für den Fall der Fälle, dass man sich mal für einen anderen ausgeben muss. Sie warten an der Straßenecke.«

Wagner klingelte am Haus von Hess. Eine Frau Ende dreißig öffnete die Tür.

»Frau Hess?«

Die Frau nickte.

»Ich habe ein Paket für die Nachbarn. Könnten Sie es vielleicht annehmen und hier einmal unterschreiben?«

Wagner hielt sein Smartphone hoch. In den Editor hatte er geschrieben: *Polizei. Wir wissen von der Entführung. Sind Sie allein?*

Frau Hess sah ihn einen Moment starr an. Dann nickte sie wieder.

Wagner gab Jan ein Zeichen, dass er kommen konnte.

»Wir müssen uns unterhalten«, sagte Wagner sehr bestimmt.

Frau Hess ließ die beiden Kripo-Beamten ins Haus.

Als Herr Hess dazukam, fiel ihm seine Frau schluchzend in die Arme.

»Jetzt ist er tot. Jetzt ist er tot«, wimmerte sie. Ihr Mann versuchte verzweifelt, sie zu beruhigen.

»Wer ist tot?«, fragte Jan.

Sie antwortete nicht.

»Meinen Sie Ihren Sohn Fabian?«

Sie antwortete wieder nicht, aber ihr Mann nickte.

»Frau Hess, Ihr Sohn lebt«, sagte Jan. »Davon sind wir überzeugt. Und niemand weiß, dass wir hier sind. Hören Sie? Niemand weiß davon, und Ihr Sohn lebt!«

Die Eltern sahen sich verängstigt an.

»Herr Hess, ist schon jemand gestorben?«, fragte Jan weiter.

Hess sah weg.

»Herr Hess, ich kenne Ihr Dilemma, zu dem Sie gezwungen werden: Der Entführer spielt ein Spiel, nicht wahr? Er will Leben gegen Leben auslösen. Er hat Ihren Sohn entführt und möchte, dass Sie einen Menschen nach Ihrer Wahl töten, sonst droht er damit, Ihren Sohn umzubringen.«

Wieder nickte Hess. »Wir haben es noch nicht getan«, sagte er.

»Dann werden Sie es sehr bald tun«, antwortete Wagner, und alle sahen ihn überrascht an. Auch Jan Grimberg. »Ich habe selbst ein Kind und kann sehr gut nachempfinden, was Ihnen da abverlangt wird«, sagte Wagner. »Es ist ja fast so wie das Opfer, das Gott in dieser Geschichte von Abraham wollte: einen Menschen töten, um Gehorsam zu zeigen – nur dass Abraham seinen eigenen Sohn Isaak umbringen sollte. Aber am Ende wurde alles gut: Gott verhinderte Isaaks Opferung im letzten Moment. Aber das ist hier nicht zu erwarten. Ihr Kind wird zwar gerettet, aber nur gegen das Opfer. Der Entführer, der hier Gott spielt, will Blut sehen. Und Sie werden Ihr Leben lang mit der Schuld leben müssen, einen Menschen ermordet zu haben.« Wagner sah Frau Hess ernst an. »Ja, Sie werden es tun«, wiederholte Wagner. »Sie werden jemanden töten, damit Ihr Kind freikommt. Und ich biete Ihnen dafür meine Hilfe an.«

* * *

Fabian Hess saß mit seinen Eltern am Ufer des Rursees und kühlte seine Füße im Wasser. Sie verbrachten im Sommer viel Zeit hier, und heute war wieder so ein perfekter Tag. Die Sonne brannte warm auf seinen Kopf, Mama und Papa lachten viel. Fabian liebte das Wasser.

»Kommst du mit? Wir wollen uns ins Boot setzen und ein Stückchen aufs Wasser fahren«, fragte Papa ihn. Fabian verneinte. Er wollte gleich Schwimmen gehen.

»Ist gut, wir bleiben in Sichtweite«, antwortete Papa. Er sah, wie seine Eltern im Ruderboot auf dem Wasser trieben. Mama winkte ihm zu. Sie trug einen roten Bikini, und Fabian war stolz, so eine hübsche Mutter zu haben. Auch Papa winkte und verschränkte die Arme hinter dem Kopf. Das Boot trieb ein wenig weiter zur Mitte des Sees. Wieder winkten ihm seine Eltern zu. Fabian stand auf und watete ins Wasser. Es war unerwartet kalt, obwohl heute so ein warmer Tag war. Als er bis zur Badehose ins Wasser gegangen war, begann er zu frieren und beschloss, wieder rauszugehen.

»Wartet, ich will doch mit ins Boot«, rief Fabian seinen Eltern zu. Sie waren schon sehr weit auf dem See, und seine Mutter winkte immer noch. Sein Vater schien im Boot zu schlafen. »Kommt zurück, ich will mitfahren«, rief Fabian, aber seine Eltern hörten ihn nicht. Das Boot trieb immer weiter auf den See hinaus. »Ich will zu euch!«, schrie Fabian nun panisch. Er konnte das Boot kaum noch sehen. Er sprang ins Wasser und versuchte, den Widerstand des Elements mit den Beinen zu überwinden. Es war eiskalt. Er kreischte vor lauter Verzweiflung, als er seine Eltern nicht mehr sehen konnte.

Dann wachte er auf.

Fabian zitterte am ganzen Leib. Der Keller, in dem er hockte, war kühl. Zu kühl, um in T-Shirt und kurzer Hose hier zu sitzen.

Er atmete schnell.

Seine Eltern hatten ihn im Stich gelassen.

Er sah nach oben. Der Raum war überall mit Schaumstoff abgedichtet. Schreien war zwecklos. Der Raum, in dem sein Käfig stand, war schalldicht. So viel verstand Fabian auch. Er war zwar erst neun Jahre alt, aber er wusste, wie ein schalldichter Raum aussah.

Plötzlich hörte er Schritte. Fabian zog die Knie an und kauerte sich in die Ecke des Raumes.

Jetzt kommt er wieder, dachte er entsetzt, jetzt kommt der Mann mit der Clownsmaske wieder.

Der Mann hatte bisher noch nicht mit ihm gesprochen, hatte ihm nur etwas zu essen und zu trinken hingestellt, während ihn die Maske angrinste.

Was wollte der Mann? War es überhaupt ein Mann? War es überhaupt ein Mensch?

Wie lange würde er noch hierbleiben?

Für immer?

* * *

Der Mann mit der Clownsmaske hatte es sich anders überlegt. Er wollte den Jungen noch eine Weile in Ruhe lassen. Er musste ihm nicht unnötig mit seiner Anwesenheit Angst machen. Darum ging es ja gar nicht. Er wollte dem Jungen ja gar nichts Böses. Das Kind war nur Mittel zum Zweck. Er zog sich die Maske vom Gesicht, drehte um und schlich die Treppe wieder hoch. Dann ging er ins Schlafzimmer und nahm den Revolver aus dem Nachtschrank. Er legte ihn in die flache Hand und sah sich eine ganze Weile die Waffe an, die sein Vater immer für den unwahrscheinlichen Fall eines Einbruchs in der Schublade liegen gehabt hatte. Sein Vater, Hüter und Wächter bürgerlicher Tugenden, war bereit gewesen, auf einen Einbrecher zu schießen, wenn sein Hab und Gut in Gefahr gewesen wäre.

Auch er selbst musste nun auf alle Eventualitäten vorbereitet sein. Das hatte er sich tausend Mal durch den Kopf gehen lassen. Wenn die Eltern seinen Forderungen nicht nachkamen, würde er sie eine Weile schmoren lassen, um sie vielleicht doch noch zum Einlenken zu bringen. Aber bisher hatte es fantastisch funktioniert. Er legte den Revolver zurück. Er würde den Eltern noch ein paar Stunden Zeit geben. Und dann würden sie wieder töten. Aber diesmal hatte er die Spielregeln verändert.

* * *

Jürgen Wagner spürte, wie sich die Kabelbinder, mit denen seine Hände hinterm Rücken gefesselt waren, in die Haut schnitten. Thorben Hess lotste ihn vorsichtig zu seinem Wagen und half ihm, in den Kofferraum zu klettern. Wagner fragte sich in diesem Moment, ob es richtig gewesen war, sich als Mordopfer zur Verfügung zu stellen. Als sich der Kofferraum schloss, versuchte er ruhig zu atmen und eine Panikattacke zu vermeiden.

Als Hess losfuhr, rollte Wagners Körper nach hinten. Er schloss die Augen und dachte an sein Kind, das er über alles liebte.

Zwanzig Minuten später hielt der Wagen an. Hess öffnete den Kofferraum und hob Wagner raus. Wagners Füße setzten unsicher auf dem unebenen Boden auf. Die Gefangenschaft im engen Kofferraum hatten seine Beine für einen Moment gelähmt. Er brauchte einige Sekunden, bis er wieder Kraft in ihnen spürte.

Es war finstere Nacht. Hess verband Wagners Augen. Dann packte er ihn am Arm, um ihn zum vereinbarten Ort zu führen.

Wagner hatte keine Ahnung, wo sie waren.

Zuerst glaubte er, unter den Füßen Gras zu spüren, nach einer Weile dann Moos, hin und wieder Wurzeln, gegen die er mit den Fußspitzen stieß. Die meiste Zeit ging es bergauf. Hess sprach kein Wort. Wagner spürte an Hess' Handgriff, wie angespannt dieser war.

Und plötzlich bekam auch Wagner Angst. Zum ersten Mal an diesem Tag hatte er die Ahnung, dass es auch schiefgehen könnte.

Der Weg nach oben wurde steiler. Hess versuchte, das Tempo zu beschleunigen. Wagner merkte, dass Hess es eilig hatte, dass er wollte, dass es schnell vorbei war. Wagner dagegen zögerte. Der Entführer war diesmal von seinem Schema abgewichen. Das beunruhigte ihn. Wollte er nur eine neue Variante ausprobieren, oder ahnte er, dass sie ihn reinlegen wollten?

Diesmal wollte der Entführer nicht einfach ein Foto von dem Getöteten sehen, sondern er wollte dabei zusehen, wie Hess ein Zufallsopfer umbringt. Als Wagner sich zur Verfügung gestellt hatte, war er noch davon ausgegangen, dass er nur für das Bild als Leiche posieren müsste. Diese neue Spielart war viel gefährlicher, aber Wagner konnte jetzt keinen Rückzieher mehr machen. Er wollte den Irren endlich schnappen, der von Eltern eine Bluttat verlangte, um ihr Kind zurückzubekommen. Und das Morden in der Eifel musste ein Ende haben.

Plötzlich rutschte Wagner auf dem Geröll unter seinen Füßen aus und fiel auf die Knie. Es schmerzte kurz, und Hess half ihm wieder auf die Beine.

»Es ist nicht mehr weit«, flüsterte Hess.

Wagner wusste, dass die Scharfschützen eine verlässliche Truppe waren. Dennoch hatte er Angst, dass sie entdeckt werden konnten – oder zu spät eingriffen. Zum ersten Mal seit Langem wurde ihm wieder einmal klar, dass Polizist zu sein auch bedeuten konnte, sein Leben zu riskieren.

Schließlich waren sie auf einer geraden Ebene angekommen. Vielleicht der Gipfel eines Berges. Ein frischer Wind blies hier oben.

* * *

Jan beobachtete im Schutz der Sträucher, wie Hess und Wagner sich langsam dem Gipfelkreuz vom Altusknipp, einer Anhöhe bei Mechernich, näherten. Unten leuchteten die Lichter einiger Mechernicher Häuser. Am Kreuz oben stand eine Gestalt – nein, es waren zwei Personen. Offenbar der Entführer und das Kind von Hess, das unnatürlich am Kreuz lehnte. Erst bei genauem Hinsehen konnte Jan erkennen, dass Fabian Hess am Kreuz festgebunden war. Der Entführer hatte eine Taschenlampe in der Hand, deren Lichtkegel unruhig auf und ab flackerte. Jan konnte nicht sehen, ob die Gestalt noch etwas in der anderen Hand hielt, aber aus der waagerechten Haltung des Armes schloss er, dass der Mann eine Waffe auf Hess und Wagner richtete. Auch Hess hatte eine Pistole in der Hand – mit Platzpatronen präpariert. Er war inzwischen mit Wagner am Ziel angekommen und stand dem Entführer direkt gegenüber. Jan konnte nicht verstehen, was gesprochen wurde. Er sah nur, wie Hess die Waffe wegwarf und etwas nahm, das der Entführer ihm hinhielt. Verdammt, dachte Jan, als er erkannte, was es war: eine neue Schusswaffe.

Damit hätten sie rechnen müssen – dass er Entführer den Bluff mit den Platzpatronen durchschauen und Wagner mit einer scharfen Pistole bedrohen würde. Der Entführer richtete seine eigene Pistole auf das Kind und redete auf Hess ein.

Auf die Situation, in der die Falle nicht reibungslos funktioniert, war die Polizei vorbereitet. Dennoch war diese Wendung brandgefährlich. Umgehend musste der Zugriff auf den Bewaffneten erfolgen. Mit der gespielten Ermordung Wagners hätten sie mehr Zeit gewonnen und den Moment der Überraschung für die Festnahme nutzen können. Wenn es nun schiefging, bestand Gefahr für das Leben des kleinen Fabian Hess – und für Wagners Leben.

Da hörte Jan auch schon das Signalwort über den Funk.

»Zugriff!«

Noch während die Spezialeinheit den Entführer in Sekundenschnelle umzingelte und mit Sturmgewehren bedrohte, richtete dieser die Pistole auf Wagner. Im gleichen Moment, als er seine Waffe abfeuerte, schoss ihm einer der Spezialkräfte in den Arm, ein anderer Schuss traf den Entführer im rechten Bein. Der Mann sank zu Boden, während auch Wagner sich vor Schmerzen krümmte und zusammenbrach.

Jan rannte so schnell er konnte zu seinem Kollegen.

* * *

Zwei Stunden später saß Jan im Büro und machte schon wieder Überstunden. Der Entführer wurde gerade aufgrund seiner Schusswunden behandelt und war erst einmal nicht vernehmungsfähig. Jan stand auf und ging zu seiner Kollegin.

»Hast du schon etwas von Wagner gehört?«, fragte Jan, als er sich Leonores Schreibtisch näherte.

»Er ist gerade operiert worden. Die Kugel ist durch die Weste durchgegangen, hat ihn aber nicht lebensbedrohlich verletzt. Der wird schon wieder.«

»Wenigstens eine gute Nachricht.«

Jan ging zurück in sein Büro, schloss die Tür und stieß einen Schrei aus. Was war das nur für eine absurde Situation? Sie hatten die Mörder von Elisabeth Weber, Anita Winkelmann und Erik Müller. Aber den eigentlichen Täter hatten sie nicht! Natürlich waren die Eltern der entführten Kinder verantwortlich für ihre Taten, sie hatten schwere Schuld auf sich geladen und würden dafür zur Rechenschaft gezogen werden. Aber der Ursprung ihrer Taten war ein Mensch, der immer noch frei herumlief und noch mehr Unheil anzurichten drohte – indem noch weitere Menschen getötet und andere bislang Unschuldige zu Schuldigen wurden.

Warum?

Was steckte dahinter?

Warum entführte dieser Teufel die Kinder fremder Menschen, um von den Eltern zu verlangen, dass sie einen Mord begehen? Welchen Zweck verfolgte er damit? Rache? Waren die Albrechts, die Theißens und die Stürmers ein Mittel zum Zweck? Welchem Ziel dienten die Morde?

Jan dachte an Thomas von Aquin, den er in seinem Philosophiestudium mal gelesen hatte: Für den mittelalterlichen Philosophen war das Böse nichts weiter als ein Mangel an Gutem. Weil für den frommen Thomas alles Sein an sich gut war, konnte sich der christliche Philosoph nicht vorstellen, dass etwas nur böse war. Wenn das stimmte, stellte sich die Frage, was für ein gutes Ziel der Entführer damit bezweckte, dass er andere Menschen Böses tun ließ.

Jan hätte nun gerne Wagner an seiner Seite gehabt, um sich mit ihm zu beraten. Noch nie hatte er sich seinen oft so ungeliebten Kollegen herbeigewünscht. Die anderen Kollegen, die noch da waren, waren zu wenig in den

Fall eingebunden, um mit ihnen gemeinsam weiterzukommen.

Jan musste es alleine lösen.

Er fragte sich, was Steiner wohl an seiner Stelle nun durch den Kopf gehen würde.

Noch einmal, dachte Jan: Welchem höheren Ziel dienten die Morde, die die Eltern für den Unbekannten ausführen sollten?

Und dann hörte er in Gedanken Steiners Stimme fragen:

Ist nur so eine Frage, Junge: Woher weißt du, dass die Morde überhaupt einem höheren Zweck dienen?

Gab es Böses, das nicht einem Guten diente?

Gab es das Böse um des Bösen willen?

* * *

»Hier bist du«, sagte Frauke, als sie in sein Büro kam. »Es gibt gleich mehrere Neuigkeiten, die dich interessieren könnten.«

»Lass hören«, sagte Jan.

»Die Personalien des Mannes, den unsere Leute angeschossen haben, sind überprüft worden. Er heißt Frank Tröschl, er hat sich durch verschiedene Betrügereien und Haftstrafen hoch verschuldet. Gestern sind auf seinem Konto von einem noch nicht ermittelten Überweiser zehntausend Euro eingegangen.«

»Was bedeuten könnte, dass er gekauft wurde?«

»Das vermutet Leonore auch.«

»Wenn das stimmt, können wir vermuten, dass er also nicht der wahre Drahtzieher der Entführungen ist, sondern nur für ein schönes Honorar vorgeschickt wurde, Hess zu empfangen und sicherzugehen, dass auch mit echten Patronen auf das Opfer geschossen wird. Dann hat der Entführer vielleicht vor der Begegnung mit Hess kalte Füße bekommen und wollte sich selbst nicht auf dem Präsentierteller ausliefern. Und trotzdem wollte er dieses Spiel spielen, indem er diesen Tröschl zum Altusknipp schickt.«

»Tröschl ist jedenfalls nach wie vor nicht vernehmungsfähig. Du kannst ihn erst mal nicht selbst fragen. Aber es gibt noch eine andere Nachricht, die dir vielleicht weiterhilft.«

»Da bin ich gespannt.«

»Albrecht hat doch angegeben, dass letzte Woche ein Mitarbeiter der Stadtwerke in seinem Haus war. Die Stadtwerke können diesen Termin aber nicht bestätigen. Der Angestellte am Telefon hat versichert, dass in diesem Monat das Ablesen des Zählerstandes bei den Albrechts nicht vorgesehen war.«

Jan schnippte mit dem Finger. »Bingo! Dann hat sich wohl der Entführer ins Haus der Albrechts geschlichen, um sie auszuspionieren. Und wenn ich recht damit habe, bedeutet das, dass Albrecht weiß, wie der Entführer aussicht. Albrecht soll eine Personenbeschreibung von diesem falschen Stadtwerke-Mitarbeiter geben.«

Frauke notierte den Auftrag und verschwand.

Das kann eine Spur sein, dachte Jan. Kurz vor der Entführung hat sich ein falscher Mitarbeiter der Stadtwerke Zugang ins Haus der Albrechts verschafft. Warum sollte er das tun? Doch sicher, um die Familie auszuspionieren, um sich ein Kind auszugucken, das er entführen kann. Hoffentlich konnte Albrecht noch irgendwelche Angaben zu dieser Person machen.

Er konnte es. Eine halbe Stunde später brachte Frauke ein paar Notizen mit, auf denen dieser Mann beschrieben wurde. Blonde, lockige Haare, schlank, gut aussehend, Dreitagebart, zwischen zwanzig und dreißig.

»Und er soll sich mit dem Namen Darian vorgestellt haben«, sagte Frauke.

»Das wird wohl nicht sein richtiger Name sein, aber wir überprüfen trotzdem mal alle Darians, die wir im System haben«, ordnete Jan an und holte sich noch einen Kaffee. Die Nacht würde sicher noch lang werden.

Kurz darauf brachte Frauke weitere Neuigkeiten.

»Wir haben tatsächlich etwas gefunden, das vielleicht brauchbar ist – oder einfach nur ein dummer Zufall und für den Müll«, sagte sie.

»Mach es nicht so spannend«, meinte Jan.

»In unserer Datenbank haben wir genau einmal den Namen Darian verzeichnet. Darian Verheyden aus Blankenheim. Brachte vor fünfzehn Jahren seine Freundin während einer Party um. Warum, weiß man nicht. Er hat zu den Tatmotiven ein Leben lang geschwiegen. Bekam lebenslänglich.«

»Dann hat er ungefähr jetzt seine Strafe abgebüßt. Also ein ehemaliger Mörder als Entführer?«

»Wohl eher unwahrscheinlich. Er hat sich vor einigen Wochen in seiner Zelle erhängt – kurz vor seiner Entlassung.«

»Das hilft uns dann wohl nicht weiter. Trotzdem danke, Frauke. Auch dafür, dass du um diese Zeit noch hier bist.«

»Bei der akuten Unterbesetzung und dem brisanten Fall mache ich das doch gerne. Ich fahre allerdings gleich nach Hause«, sagte sie und streckte müde ihre Arme von sich.

Jan gähnte. Es war inzwischen Mitternacht. Er war müde, aber er wollte den Fall nun zu Ende bringen. Er hatte das Gefühl, dass die Lösung zum Greifen nahe war.

Zum Greifen nahe.

Jan nahm Stift und Papier in die Hand und schrieb den Namen *Darian* auf. Daneben zeichnete er ein Kreuz. Dann zog er einen Pfeil und schrieb *Stadtwerke-Mitarbeiter* dazu. Konnte es sein, dass es hier eine Verbindung gab?

Jan schrieb das Wort *Verbrechen* in die Mitte des Blattes und zog von dort zwei Pfeile zu Darian und dem Stadtwerke-Mitarbeiter. Ein Verbrechen vor fünfzehn Jahren – war das der Auslöser für die Verbrechen heute? Warum nannte sich der Mann, der den Strom abgelesen hatte, Darian? Das war ein äußerst seltener Name. Es konnte also durchaus eine Verbindung zwischen dem falschen Stadtwerke-Mann und diesem Darian geben. War der Name willkürlich gewählt, oder hatte er eine Bedeutung? Angenommen, er hatte eine Bedeutung und es gab einen Zusammenhang: Warum wählte der mutmaßliche Entführer, der von den Eltern ein Blutopfer forderte, den Namen eines Mörders, der sich nach abgesessener Haft das Leben genommen hatte? Vielleicht weil der Name für ihn eine Bedeutung hatte? Wollte er ihm auf seine Weise eine Ehre erweisen?

Wenn ja: Wer tat so etwas?

Jemand, der dem Mörder von damals nahestand!

Jan eilte zu Fraukes Schreibtisch. »Gut, dass du noch da bist. Kannst du eben rausbekommen, ob dieser Darian Dingenskirchen …«

»Darian Verheyden …«, lächelte Frauke.

»… ob dieser Darian Verheyden Kinder hatte?«

Frauke tippte ein paar Worte in den Computer, dann schüttelte sie den Kopf.

»Kinderlos. Aber warte mal einen Moment …« Sie tippte weiter. Eine Minute Stille. Dann fuhr sie fort: »Wenn du auf der Suche nach Kindern bist: Er war der Bruder von Ludwig Verheyden, dem bekannten Immobilienbesitzer und Sekthersteller. Und der hatte ein Kind. Gero Verheyden. Also der Neffe von Darian. Ludwig Verheyden und seine Frau leben nicht mehr, aber Gero Verheyden wohnt heute allein auf dem Anwesen seiner Eltern und ist finanziell unabhängig.«

Jan wurde plötzlich hektisch. »Ich muss mich noch mal zum Nachdenken zurückziehen. Du hast dir den Feierabend jetzt mehr als verdient.«

Jan ging an seinen Schreibtisch zurück und sah sich seine Grafik mit den Namen, Pfeilen und Begriffen an. Bei *Stadtwerke-Mitarbeiter* schrieb er *Gero Verheyden?/ Neffe* hin. War dieser Gero der Entführer? War er derjenige, der wollte, dass zufällig ausgewählte Menschen starben? Nein, die Frage war falsch gestellt: War er derjenige, der wollte, dass Unschuldige durch die Hand unschuldiger, verzweifelter Eltern, die einfach nur ihr Kind zurückhaben wollten, starben? Es galt nun herauszufinden, ob Gero Verheyden unter falschem Namen bei den Albrechts gewesen war.

Jan öffnete seinen Browser und gab *Gero Verheyden* in die Suchmaschine ein. Die ersten Ergebnisse führten zum Rotary Club, wo Jan ein Foto von ihm fand. Verheyden stand zusammen mit anderen Rotariern auf einem Gruppenbild, weil er als Beisitzer in den Vorstand gewählt worden war. Er lächelte als Einziger nicht. Blonde, lockige Haare, gut aussehend, schlank, Dreitagebart, ein Mann zwischen zwanzig und dreißig! Das Gesicht passte auf den ersten Blick zur Personenbeschreibung, die Albrecht vorhin gegeben hatte.

Leonore Bäumer kam plötzlich herein und legte Jan etwas auf den Tisch.

»Albrecht hat sich bereit erklärt, noch ein Phantombild zu erstellen, das die Kollegen gerade rübergeschickt haben. Der arme Kerl ist so fertig und reuig, dass er breitwillig mit uns kooperieren will«, sagte sie.

Jan sah sich das Bild an. Es passte perfekt zu dem, das er gerade bei den Rotariern gefunden hatte.

Das ist er, dachte Jan, wir haben ihn.

* * *

Um sechs Uhr dreißig klingelte der Wecker. Vier Stunden hatte Jan geschlafen. Das hatte er gebraucht, um wieder zu Kräften zu kommen. Währenddessen hatten zwei Kollegen von der Streife die Aufgabe bekommen, Verheydens Haus zu beobachten. Sie hatten noch keine Beweise, um ihn festzunehmen, und noch keine Strategie für eine Vernehmung. Die musste Jan sich jetzt überlegen. Er setzte sich an den Küchentisch, aß eine Scheibe Toast, trank dazu zwei Tassen Kaffee und versuchte, sich in Verheyden hineinzuversetzen – und überlegte, wer ihm dabei behilflich sein könnte.

Eine Stunde später war er in Bad Münstereifel und klingelte an einem Fachwerkhaus in der Innenstadt.

Eine Frau in bequemer Alltagskleidung öffnete die Tür.

»Wer stört denn so früh?«, fragte sie.

»Sind Sie Christina Lehmann?«

»Ja?«

Jan hatte Glück. Er wusste, dass viele Familien über Generationen in der Eifel blieben. Frau Lehmann hatte nach ihrer Kindheit die Region nicht verlassen. Er zeigte seinen Dienstausweis. »Ich brauche Ihre Hilfe, Frau Lehmann. Sie müssen mir ein paar Fragen beantworten.«

»Was habe ich denn mit der Polizei zu tun?«

»Darf ich reinkommen?«, bat Jan höflich.

»Ja, aber ich muss gleich los, die Kinder müssen zur Kita.«

»Es dauert nicht lange«, sagte Jan und trat ein. »Es geht um Ihren Cousin.«

»Gero?«

»Gero Verheyden, richtig?«, versicherte sich Jan.

»Richtig. Was hat er …?«

»Darüber kann ich Ihnen gerade keine Auskunft geben. Kennen Sie ihn gut?«

»Ich habe seit Jahren keinen Kontakt mehr zu ihm. Aber als Kinder haben wir uns oft gesehen.«

»Dann können Sie mir sicher sagen, welches Verhältnis er zu Darian hatte.«

»Oh Gott, Onkel Darian …«

»Die Geschichte Ihres Onkels kenne ich bereits. Mich interessiert nur seine Beziehung zu Gero.«

Christina Lehmann dachte kurz nach. »Er hat ihn ziemlich angehimmelt.«

Interessant, dachte Jan. »Was heißt das?«

»Er war so anders als Geros Vater. Der war stockkonservativ, unangemessen streng, egoistisch. Sein Vater sah in Gero immer nur den Erben seiner Firma. Darian sah auch den Menschen Gero. Er war wie ein großer Bruder oder Ersatzvater oder was auch immer. Er war Künstler, auch Lebenskünstler, und er hatte so eine überaus positive Ausstrahlung, verstehen Sie?«

»Ich denke schon.«

»Darian war ein Mensch, den wohl jeder mochte. Niemand hätte gedacht, dass er zu einem Mord in der Lage wäre.«

»Das muss für Gero sicher ein großer Schock gewesen sein, dass sein lieber Onkel seine Freundin umgebracht hat.«

»Das können Sie wohl laut sagen. Gero war nach diesem Vorfall wie ausgewechselt. Er war immer schon eher ein zurückgezogener Mensch gewesen, aber nach diesem Mord und der Verhaftung Darians war er geradezu apathisch. Ich habe ihn monatelang nicht mehr lachen sehen, und gesprochen hat er auch nur das Nötigste. Wissen Sie, es war für uns alle unverständlich, dass ausgerechnet Darian zu so einer Tat fähig war – eher hätte ich das noch Geros Vater zugetraut -, aber Gero hat das wohl völlig aus der Bahn geworfen. Ich meine, Gero führt ein normales Leben, aber … wie soll ich sagen … es hat sein Weltbild zerstört. Darian war sein Held, und dann …«

»Verstehe …«

»Jetzt muss ich wirklich zum Kindergarten. Aber was hat das denn mit Gero zu tun?«

»Das kann ich Ihnen wirklich nicht sagen, Frau Lehmann. Aber Sie haben mir sehr geholfen, vielen Dank. Kann ich Sie irgendwie erreichen, wenn ich noch eine Frage habe?«

»Ja, warten Sie, ich schreibe Ihnen meine Nummer auf.« Christina Lehmann lehnte sich auf die Flurkommode, kritzelte ein paar Zahlen auf einen Zettel und drückte ihn Jan in die Hand.

Als Jan zur Kreispolizeibehörde fuhr, hatte er das Gefühl, das letzte Rätsel in diesem Spiel des Bösen gelöst zu haben. Jetzt galt es, die letzten Vorbereitungen zu treffen, um Verheyden zu begegnen und ihn rechtskräftig festnehmen zu können. Die Theorie, warum Verheyden die Kinder entführt und von den Eltern einen Mord gefordert hatte, glaubte Jan nun aufgestellt zu haben. Die entscheidende Frage war nun: Reichten die Indizien aus? Dafür musste die Mordkommission nun Himmel und Hölle in Bewegung setzen.

* * *

Als Verheyden zur Mittagszeit aus dem Fenster sah, weil er ein Geräusch gehört hatte, sah er, wie zwei Fremde auf sein Haus zuliefen. Ein eher unscheinbarer, junger Mann und eine attraktive, sportliche Frau, die er in den Vierzigern vermutete. Er hatte sofort einen Verdacht, wer das sein könnte. Er öffnete die Tür, bevor die beiden klingeln konnten.

»Sind Sie Gero Verheyden?«, fragte der Mann.

»Ja, der bin ich«, antwortete er.

»Mein Name ist Bäumer von der Kripo Euskirchen. Das ist mein Kollege Grimberg«, sagte die Frau. »Herr Verheyden, wir ermitteln in einem Entführungsfall und müssen Sie bitten, uns aufs Präsidium zu begleiten. Es besteht der Verdacht, dass Sie in die Entführung verwickelt sein könnten.«

Es interessierte ihn, wie sie ihm auf die Spur gekommen waren. Daher erklärte er sich bereit, ohne Widerstand mitzukommen. Alles, was nun folgen würde, spielte ohnehin keine Rolle für ihn. Er hatte sein Ziel bereits erreicht. Das war alles, was zählte.

»Müssen Sie mir Handschellen anlegen?«, fragte Verheyden gleichgültig.

»Nicht, wenn Sie freiwillig mitkommen«, antwortete Grimberg.

Verheyden zuckte mit den Schultern, ging in die Mitte zwischen den beiden Beamten und zog die Tür hinter sich zu.

* * *

In dem Raum, in dem Verheyden vernommen wurde, prasselte der Regen, auf den alle gewartet hatten, unerbittlich gegen die Scheibe. Hin und wieder zuckten grelle Blitze am Himmel, gefolgt von platzendem Donner.

Jan und seine Kollegin Bäumer legten gleich die Karten auf den Tisch.

»Herr Verheyden, wir haben den begründeten Verdacht, dass Sie drei Kinder entführt haben.«

Verheyden lächelte und schwieg. Leonore Bäumer verließ den Raum und nickte Jan zu.

Jan machte weiter. »Natürlich dürfen Sie die Aussage verweigern. Dann werde ich eben ein bisschen mit Ihnen reden. Sie haben sich am 4. Juli Zugang zum Haus der Familie Albrecht verschafft. Allein damit haben Sie sich schon strafbar gemacht. Zuvor waren Sie auch als falscher Mitarbeiter der Stadtwerke bei Familie Theißen. So hatten Sie Gelegenheit, die Familien auszukundschaften und ihre späteren Entführungsopfer unter die Lupe zu nehmen – und ganz nebenbei noch einen Eindruck zu bekommen, wie normal die Eltern der Kinder waren. Vielleicht gab Ihr Einblick in das alltägliche, harmonische Familienleben Ihnen noch einen besonderen Kick, wenn es umso unwahrscheinlicher erschien, dass solche Menschen je zu einem Mord fähig sein würden, nicht wahr?«

Wieder leuchtete ein Blitz auf. Verheyden sah fasziniert nach draußen und beachtete Jan gar nicht weiter.

Bäumer trat wieder ein.

»Die Fingerabdrücke, die wir im Haus der Albrechts sichergestellt haben, sind identisch mit den Abdrücken, die Sie uns eben gegeben haben«, sagte sie zu Verheyden.

»Aha«, sagte dieser. Sonst sagte er nichts.

»An dem Tag, an dem die Tochter der Albrechts verschwand, wurden Sie gesehen, wie Sie mit dem Kind sprachen«, fuhr Jan fort. »Sie haben sie auf dem Heimweg abgefangen und nach dem Weg gefragt. Eine Frau, die das Kind kennt, konnte anhand eines Phantombildes Ihr Gesicht wiedererkennen.«

Verheyden sah Jan an und hob gleichgültig die Augenbrauen.

»Es gibt also einige Indizien, die Sie in den Entführungsfällen belasten«, sagte Jan. »Die reichen aus für einen Durchsuchungsbefehl. Einige Kollegen sehen sich nun gerade in Ihrem Haus um. Was werden sie dort finden? Hoffentlich keine weiteren Kinder?«

»Hoffentlich nicht«, grinste Verheyden.

Jan schrie Verheyden jetzt wütend an: »Glauben Sie nicht, dass es für den Richter das Gleiche ist wenn in Ihrem Haus noch ein Kind versteckt ist, und wenn es tot oder lebendig ist! Ich kenne Richter, die eine Sicherheitsverwahrung nach abgesessener Haft durchkriegen könnten.«

Verheyden schüttelte amüsiert den Kopf.

Jan atmete tief ein, bis er die Beherrschung wiedererlangt hatte. Erst dann sprach er weiter: »Warum haben Sie das alles riskiert, Herr Verheyden? Warum begehen Sie so ein schweres Verbrechen und lassen die Kinder am Ende wieder frei?«

Verheyden blickte Jan stumm an.

»Weil Sie sich selbst für keinen schlechten Menschen halten, nicht wahr? Und weil die Entführungen nur Mittel zum Zweck waren. Sie wollten kein Geld, Sie wollten nichts von den Kindern – Sie wollten nur den Tod. Aber nicht den Tod der Kinder, sondern den Tod anderer Menschen.«

Verheyden schüttelte wieder den Kopf. Jan verstand, was er ihm sagen wollte, und korrigierte sich. »Ich habe mich wohl falsch ausgedrückt: Sie wollten nicht den Tod, auch der war nur Mittel zum Zweck. Sie wollten das Töten.«

Verheyden lächelte zufrieden.

»Darf ich Ihr Grinsen als Zustimmung verstehen? Dann sind wir ja auf dem richtigen Weg. Was wir uns nur lange gefragt haben, war, was eigentlich hinter Ihrem teuflischen Spiel steckt. Was haben Sie davon, wenn andere Menschen umgebracht werden? Zuerst dachte ich, Sie hätten mit all den Todesopfern eine Rechnung offen und wollten andere die Drecksarbeit für Sie machen lassen. Aber das war es nicht. Sie kannten die Opfer gar nicht. Es ging Ihnen nicht darum, dass genau diese Menschen sterben. Vielmehr hatten die Eltern der entführten Kinder den Auftrag, irgendeinen Menschen umzubringen. Sie wollten sehen, ob die Eltern dazu in der Lage waren. Aber warum? Ich glaube, ich weiß jetzt die Antwort: Es ging Ihnen um nichts anderes als um Erkenntnis. Sie wollten wissen, ob jeder durchschnittliche, friedliche Mensch in der Lage ist zu töten. Sie wollten wissen, ob in jedem Menschen ein Keim des Bösen steckt.«

Jetzt lachte Verheyden. »Besser hätte ich es auch nicht formulieren können, Herr Grimberg«, sagte er.

Jan sah ihn an. Wie konnte der das nur so gleichgültig hinnehmen?

»Warum wollten Sie das überhaupt wissen? Was war Ihr Antrieb herauszufinden, ob in jedem Menschen ein Mörder steckt. Das kann ja nicht nur eine fixe Idee gewesen sein. Dafür haben Sie viel zu viel riskiert. Was steckt dahinter?«

»Sagen Sie es mir doch, Sie machen das gerade wirklich hervorragend«, sagte Verheyden süffisant.

Dann ging Jan auf ihn zu und stellte sich neben ihn. Verheyden sah leicht irritiert zu Jan hoch und sagte dann mit betonter Verwunderung: »Ah, sind Sie etwa schon am Ende Ihrer Weisheit? Glauben Sie nicht, dass ich Ihnen jetzt einfach weiterhelfe.«

Jan zeigte zur weißen Wand rechts neben Verheyden. »Drehen Sie sich mal ein Stück zur Seite«, forderte Jan ihn auf.

»Was kommt jetzt?«, fragte Verheyden immer noch mit triumphierendem Unterton.

Jan schaltete einen Beamer ein, der nach wenigen Sekunden ein Foto von einer posenden Rockband an die Wand projizierte.

»Kennen Sie die Band? *Time Banditos.* Von denen habe ich neulich einen Song gehört«, sagte Jan. »Die waren nicht so populär damals, aber immerhin ist ihre Musik noch erhältlich. Gefällt mir ganz gut.«

Jan beobachtete leichte Zuckungen an Verheydens Mund. Dann schaltete Jan auf dem Laptop den Song ein, der nach einer Mischung aus Bryan Adams und Tokio Hotel klang.

»Cooler Song«, überspielte Verheyden seine Nervosität. Jan ließ die Musik weiter laufen, dann sagte er: »Komponiert hat ihn übrigens der Gitarrist in der Mitte des Bildes. Darian Verheyden heißt er. Ach was – der heißt ja wie Sie. Ist der etwa mit Ihnen verwandt?«

Verheyden sagte nichts und begann zu zittern.

»Man kann ihn auf dem Bild gar nicht gut erkennen, oder? Warten Sie, ich habe noch ein anderes Foto von ihm.« Jan drückte auf eine Taste, und an der Wand sahen sie nun ein Polizeifoto von Darian Verheyden.

»Der gleiche Mann«, fuhr Jan fort. »Ein begnadeter Komponist und sympathischer Musiker, nun in der Verbrecherkartei der Polizei.«

Jan sah Verheyden an, der nun keine Kontrolle mehr über seinen Körper hatte und am ganzen Leib zitterte.

»Eben noch ein Künstler, nun ein Monster, das seine Freundin kaltblütig ermordet hat. Und er ist Ihr Onkel, nicht wahr? Sie sind der Neffe von Darian Verheyden. Der Bruder Ihres Vaters, der vor fünfzehn Jahren seine Freundin umbrachte. In Ihrem Elternhaus. Das ist der Grund Ihres Handelns. Ihr Onkel war für Sie ein so freundlicher, vollkommener Mensch, dass Sie die Welt nicht mehr verstanden, als Sie mit ansehen mussten, wie er in Handschellen abgeführt wurde. Das hat Ihr Weltbild völlig zerstört. Sie haben Ihren Onkel vergöttert. Weil Ihr Vater Sie immer vernachlässigte, war Ihr Onkel Ihre Zuflucht. Jemand, auf den Sie sich verlassen konnten. Jemand, der so ein viel besserer Mensch war als Ihr Vater. Ein Mann, den man sich als heranwachsender Junge zum Vorbild nehmen konnte. Und dann begeht er so eine Tat. Unfassbar für Sie. Sie haben sich gefragt, wie jemand wie Onkel Darian zu einem Mord fähig sein konnte. Viele Jahre haben Sie sich das gefragt.«

Verheyden schüttelte den Kopf, und Jan sprach schnell weiter: »Aus niederen Trieben die eigene Freundin erwürgt. Warum? Wegen eines kleinen Streits? Aus blinder Eifersucht? Haben Sie vorher geahnt, dass Ihr liebenswerter Onkel so ein Ungeheuer war? Der musste doch einen an der Klatsche gehabt haben, oder? Man erwürgt doch nicht einfach seine eigene Freundin. Unberechenbar muss dieses Tier gewesen sein!«

Plötzlich sprang Verheyden auf und schlug mit beiden Fäusten auf den Tisch. »Das ist nicht wahr! Sie haben keine Ahnung! Darian war kein Monster!«

Jetzt hatte Jan ihn. »Doch«, stichelte er weiter. »Er hat aus primitiven Trieben heraus gehandelt.«

Verheyden sah ihn finster an und hob drohend den Finger. »Sie erbärmlicher Ermittler, Sie haben keine Ahnung! Darian war kein Monster. Er wurde zu dem Mord gezwungen, klar?«

Jan war überrascht von dieser neuen Erkenntnis. Jetzt galt es, das Gespräch weiter anzufeuern. »Dafür gab es keine Beweise. Er hat sich doch nie zu seinem Motiv geäußert, Ihr ach so perfekter Onkel.«

»Der Polizei und dem Richter hat er es nie erzählt. Aber mir hat er es erzählt, weil er mir immer noch vertraut hat. Und ich habe es bis heute keiner Menschenseele weitererzählt. Aber ich werde nicht zulassen, dass Sie ihn einfach als primitives Monster abstempeln. Wissen Sie, ich habe acht Jahre gebraucht, bis ich Darian im Gefängnis besuchen konnte. Und als ich ihm dann endlich gegenübersaß, wollte ich es von ihm wissen. Und ich sage Ihnen: Es war ganz anders, als Sie glauben. Er hat sich einfach mit den falschen Leuten eingelassen. Sie wissen ja bestimmt schon, dass er nicht nur Musiker war, sondern auch Künstler und Kunsthändler. Er malte selbst und verkaufte Bilder von mehr oder weniger bekannten Malern. Irgendwann fand jemand großes Interesse an einigen Bildern aus seinem Handel und kaufte sie für eine übertrieben hohe Summe. Zunächst dachte sich Darian nichts dabei, aber bald ahnte er, was dahintersteckte: Der großzügige Käufer war kein Kunstliebhaber, sondern Geldwäscher. Mit dem Kauf der Kunstwerke wurde Geld aus kriminellen Geschäften in Umlauf gebracht, und die Bilder dienten als Sicherheit zur Gewinnung von neuem

Kapital. Darian war das egal, so konnte er sich sein sorgloses Künstlerleben weiterhin finanzieren. Aber Sabine, mit der er damals ging, kam dahinter und drohte, die Geschäfte auffliegen zu lassen, wenn er nicht ausstieg. Aber die Drahtzieher der Geldwäsche dachten nicht daran, die Geschäfte mit Darian zu beenden, und kamen hinter Sabines Verdacht. In der Silvesternacht bekam er von ihnen einen Anruf, und sie stellten ihn vor die Wahl: Entweder räumt er Sabine aus dem Weg, oder sie legen Darian um.«

»Das erscheint mir wenig plausibel. Warum brachten die Kriminellen Sabine nicht selbst um? Die hatten doch bestimmt Profis dafür.«

»Ganz einfach, Herr Grimberg: Die wollten, dass er sich die Hände schmutzig macht. Damit hatten sie ihn in der Hand für weitere Geschäfte.«

»Und dann kann er einfach die Frau umbringen, die er liebt?«

Jetzt gewann Verheyden allmählich wieder seine Selbstsicherheit zurück und sprach ruhiger: »Er hat sie nicht geliebt. Er ist nur mit ihr ins Bett gegangen. Und was sollte er denn tun? Sonst hätten die ihn umgebracht. Er hing an seinem Leben.«

»Wer waren *die*?«

»Das hat er mir nicht erzählt. Vermutlich zu meinem eigenen Schutz. Glauben Sie mir jetzt, dass Darian nicht einfach nur eine Bestie war?«

Jan überlegte kurz und schwieg. Und dann hatte er das Gefühl, den Mörder verstanden zu haben. Zumindest fast.

»Auch nachdem Sie mit Darian im Gefängnis gesprochen hatten, haben Sie sich weiterhin gefragt, wie das möglich war, dass so ein vorbildlicher Onkel zu einem

Mord fähig war, nicht? Sie wussten jetzt zwar als Einziger den Grund für Darians Taten, die er wohl aus Selbstschutz nie jemandem erzählt hat außer Ihnen – denn wer will schon, dass die Mafia weiter hinter einem her ist? Sie wussten den Grund, aber Sie hatten immer noch nicht verstanden, wie Darian dazu bereit sein konnte. Und plötzlich wollten Sie wissen, ob jeder Mensch in der Lage ist, einen anderen Menschen einfach umzubringen. Deswegen spielten Sie dieses Spiel mit den Albrechts, den Theißens und den Stürmers. Sie wollten wissen, ob die Moral der Menschen so gering ist, dass jeder einen Menschen umbringen könnte.«

»Moral«, lachte Verheyden verächtlich. »Die Moral, die jeder Kleinbürger zu vertreten glaubt, ist doch ein schlechter Witz. Kennen Sie die Rotarier?«

»Sicher«, antwortete Jan.

»In meinem Ortsverein tut man das, was alle Rotarier gerne tun: gute Taten vollbringen und darüber reden. PR in eigener Sache eben. Die haben Geld wie Heu und spenden einen Bruchteil davon für sogenannte gute Zwecke. Und was machen die Vereinsmitglieder sonst so? Betrügen ihre Ehefrauen, fordern von ihren Kindern unmenschliche Leistungen, feuern ihre Mitarbeiter und vertuschen irgendwelche dreckigen Geschäfte. Wir halten uns für so moralisch, wissen, was sich gehört, lieben unseren Nächsten, den wir gar nicht kennen, bringen unseren Kindern bei, nicht zu lügen – und kaum übt man ein kleines bisschen Druck aus, werden sie alle zu kaltblütigen Mördern. So einfach ist das.«

»So einfach ist das? Ein kleines bisschen unter Druck setzen? Sie haben den Familien ihre Kinder genommen und von ihnen verlangt, für das Leben ihrer Liebsten zu töten.«

»Was unterstellen Sie mir da?«, fragte Verheyden in theatralischer Betroffenheit. »Nein, nein, nein, das habe ich so nicht verlangt, wirklich nicht, Herr Grimberg. Nein.«

»Sie streiten allen Ernstes ab, das Leben der Kinder bedroht zu haben – für einen Mord?«

»Ich habe nur gesagt, dass die Kinder bei mir sind und dass die Eltern für einen Mord ihr Kind wiederbekommen. Aber ich habe nie gesagt, dass ich die Kinder töte, wenn die Eltern meine Forderung nicht erfüllen.«

Jan verstummte und sah Verheyden entsetzt an. Dieser Mensch war ein Teufel.

Hatte er recht?

War es wirklich so einfach gewesen für ihn?

Verheyden sah ihn belustigt an. »Sie haben nicht einmal versucht, mit mir zu verhandeln. Die Albrechts nicht, die Theißens nicht, die Stürmers auch nicht. Sie haben die Bedingung einfach so akzeptiert.« Verheyden brach in ein explosionsartiges Gelächter aus. »Einfach so!«, gackerte er. »Einfach so.«

Wie krank, dachte Jan.

Aber wer war krank?

Verheyden?

Oder doch die Eltern, die seine Bedingungen so leicht akzeptiert hatten?

»Warum erst jetzt?«, fragte Jan schließlich. »Warum haben Sie erst jetzt, fünfzehn Jahre nach dem Drama mit Ihrem Onkel, Ihr bestialisches Spiel begonnen?«

Verheyden lehnte sich zurück und schlug betont locker die Beine übereinander. »Nun, Herr Grimberg, diese Frage hat mich natürlich seit fünfzehn Jahren beschäftigt, das können Sie mir glauben. Ich werde Ihnen etwas erzählen, das Sie bestimmt noch nicht wissen: Als Kind hatte ich einen Freund. Simi hieß er, so nannten ihn zumindest alle. Wir machten alles zusammen, was beste Freunde in dem Alter eben so machen: Wir spielten zusammen Fußball, gingen schwimmen, fuhren Fahrrad und so weiter. Nach der Verhaftung von Onkel Darian sah ich Simi noch genau ein Mal. Simi war natürlich nicht entgangen, wie sehr mich dieses Ereignis mitnahm. Und er hatte auch in der Zeitung gelesen, dass mein Onkel jede Angabe von Gründen zu seiner Tat verweigerte. Von einem Freund hätte ich erwartet, dass er mich aufbaut. Stattdessen sagte Simi nur zu mir, jetzt wisse ich es wenigstens. Was weiß ich?, fragte ich ihn. Und Simi antwortete: dass Onkel Darian der Teufel war. So böse könne nur der Teufel persönlich sein, dass er ohne Grund einen Menschen tötet. Kein echter Mensch sei dazu in der Lage. Was Sie wissen müssen: Simis Eltern waren christliche Fundamentalisten, stritten die Evolutionslehre ab und nahmen die Bibel mehr als wörtlich. Und wer an eine Welt voller Teufel und Dämonen glaubt, der sieht sie auch überall. Jedenfalls hat Simi sich dann von mir verabschiedet und mir gesagt, dass er nicht mehr in meiner Nähe sein will. Weil ich doch unmittelbaren Kontakt mit dem Teufel gehabt hätte.«

»Warten Sie«, sagte Jan. »Ihr Freund Simi – heißt mit bürgerlichem Namen Simon, nicht wahr? Simon Theißen ist Simi, richtig?«

»Bravo, Herr Kommissar«, klatschte Verheyden. »Ich hatte Simi lange aus den Augen verloren. Und sah ihn dann bei einer Wohltätigkeitsgala wieder. Ich habe ihn sofort wiedererkannt, aber er mich nicht. Er ist in einem benachbarten Rotary-Club, ich war mit meinem Club dort und hörte, wie Simi eine beinahe beeindruckende Rede hielt über Nächstenliebe und die Pflicht, anderen beizustehen, denen es nicht gut geht. Er, der seinen Freund damals im Stich ließ und sich anmaßte, meinen Onkel mit dem Teufel gleichzusetzen, spielte sich zum obersten Anwalt des Guten auf. Da habe ich mich zum ersten Mal gefragt, ob nicht jeder Mensch dem Bösen verfallen könnte. Ob nicht Simi genauso einen Mord, die Ursünde unserer Zivilisation, begehen könnte wie mein Onkel damals. Und als Simi dann tatsächlich die alte Frau Weber vom Felsen stieß, konnte ich nicht glauben, dass es so leicht war, und wollte wissen, ob auch andere Menschen dazu in der Lage waren. Ich suchte mir eine weitere Familie aus, und siehe da: Es war tatsächlich so einfach. Herr Albrecht war sogar bereit, sein Opfer ein bisschen länger leiden zu lassen, ihm regelrecht die Luft abzuschneiden. Und als Albrecht diese Frau ertränkt hatte – ich weiß ihren Namen schon gar nicht mehr –, da verstand ich Onkel Darian. Ich verstand, dass man einfach so etwas Böses tun kann, ohne dass es dafür eine tiefere Erklärung geben muss. Die Hemmschwelle zu töten ist bei uns Menschen nun mal sehr niedrig. Da helfen auch zweitausend Jahre christliche Moral nicht und auch kein kategorischer Imperativ.«

»Sie haben aus einfachen, rechtschaffenen Menschen Mörder gemacht. Tun Ihnen diese Menschen kein bisschen leid?«

»Rechtschaffen? Haben Sie mir gerade nicht zugehört, Herr Grimberg? Was heißt denn rechtschaffene Menschen? Sie haben doch gesehen, wie rechtschaffen Herr Theißen, Herr Albrecht und auch Frau Stürmer sind. Es bedarf nur eines kleinen Anstoßes, und aus diesen braven Menschen werden mordende Bestien. Ihre ganze Moral ist ein schlechter Witz.«

»Nein, das war nicht nur ein kleiner Anlass. Sie haben diese Leute erpresst. Indem Sie ihnen das Liebste genommen haben, das sie hatten: ihre Kinder. Und das nur für die Erkenntnis, dass unsere Moral dünn und brüchig ist? Für diese Erkenntnis werden Sie sehr lange ins Gefängnis gehen müssen«, sagte Jan.

Verheyden hob die Arme und ließ sie wieder sinken. »Es ist ein Spiel gewesen, und zu einem Spiel gehört es, dass es irgendwann auch mal zu Ende geht.«

Jan gab den Kollegen hinter der Glasscheibe ein Zeichen. Zwei Streifenpolizisten kamen herein und legten Verheyden Handschellen an. Dann führten sie ihn hinaus. Jan hatte noch nie erlebt, dass sich jemand nach einem Geständnis so erhaben abführen ließ.

Er hatte den Fall gelöst. Und fühlte sich ganz und gar nicht erleichtert.

* * *

Als Jan das Krankenzimmer des Euskirchener Marienhospitals betrat, saß Wagner aufrecht im Bett und frühstückte genüsslich ein Croissant.

»Für Privatpatienten ist der Service hier hervorragend«, grinste Wagner.

»Und wie geht es sonst – abgesehen davon, dass das Frühstück schmeckt?«, fragte Jan.

»Tut noch ein bisschen weh, aber das wird schon wieder«, antwortete Wagner. »Sind Sie eigentlich schon mal angeschossen worden?«

»Nicht, dass ich wüsste.«

»Dachte ich mir, Sie Schöngeist«, sagte Wagner. Beide lachten. »Und nun zum Fall: Wie ist der Stand?«

»Wir haben den Entführer gestern festgenommen, vernommen und zu einem Geständnis gebracht. Ist eine lange Geschichte.«

»Das war aber verdammt übel von Ihnen, mich mit dieser Information bis heute warten zu lassen. Selbst Bilinski hat es mir nicht gesagt, als er vorhin angerufen hat.«

»Ich habe ihm auch eine Nachrichtensperre verhängt«, sagte Jan.

»Wie konnten Sie nur?«

»Aus reiner Bosheit!«, antwortete Jan grinsend und erzählte ihm die ganze Geschichte.

»Die Hausdurchsuchung hat dann noch ergeben, dass Verheyden wohl viel Arbeit in sein soziales Experiment gesteckt und es von langer Hand geplant hat«, erzählte er. »In seinem Keller hat er ein kleines Verlies angelegt: Die Kellertür war mehrere Zentimeter dick, die Wände schalldicht isoliert, und in einer Kellerecke hat er einen ungefähr sieben Quadratmeter großen Käfig gebaut. Die Kinder hatten dort eine Matratze und einige Bücher von Karl May und Jules Verne. Es sah nicht so aus, als wären sie noch unnötig in ihrer Gefangenschaft gequält worden – aber die psychische Folter ist natürlich gewaltig, wenn Zehnjährige ein oder zwei Tage entführt und eingesperrt werden.«

Dann berichtete Jan von dem Verhör Verheydens. Als er damit fertig war, zog er eine CD aus der Tasche. »Falls Ihnen heute langweilig wird.«

Wagner musterte den Tonträger. »Oh, die Eagles.«

»Dann können Sie noch mal nachhören, wie das Gitarrenriff von *Hotel California* richtig geht.«

»Meine Religionslehrerin hat uns damals übrigens verbieten wollen, diesen Song zu hören, weil es darin angeblich um schwarze Messen und satanische Botschaften geht.«

»Der Teufel kann uns jetzt nichts mehr anhaben. Den habe ich gestern eingebuchtet.«

Epilog

Samstag, 9. August (28 Tage nach der Festnahme)

Das Essen schmeckt mal wieder vorzüglich, auch wenn die meisten Insassen hier der Meinung sind, es schmecke jeden Tag gleich.

Eigentlich kann ich nicht klagen über meinen Zustand. Ich bin hier, weil ich beweisen konnte, was ich immer schon geahnt habe.

Das, was wir im Allgemeinen die Moral, das Gute, das vernünftige Handeln oder die Gebote nach Gottes Willen nennen, ist nur einen dünnen Furz wert. Ehrlich.

Wir hier drinnen sind kein bisschen schlechter als die da draußen.

Wir sind alle gleich.

Wir sind überheblich, essen vegan, weil wir Tiere schützen wollen, kaufen keine billigen Klamotten, weil wir uns über die Arbeitsbedingungen in Indien empören, und spenden an Weihnachten für Menschen aus Kriegsgebieten oder für Kinderhospize. Wir bringen unseren Kindern bei, dass sie nicht lügen und nicht schlagen sollen, wir wissen, dass wir nicht tö-

ten dürfen, und sind aus dem gleichen Grund gegen die Todesstrafe. Aber wenn es dann um das Leben der eigenen Kinder geht, sind ganz normale Bürger bereit, alles dafür zu tun. Kein Einziger hat auch nur einen Moment gezögert, meine Forderungen zu akzeptieren. Alle waren bereit, einen x-beliebigen Menschen einfach so umzubringen. Kaltblütig. Ich hätte nicht gedacht, dass es so einfach ist. Dabei hat keiner meiner Probanden darüber nachgedacht, ob ich die Kinder vielleicht auch unversehrt zurückgegeben hätte, wenn sie es nicht getan hätten. Wenn sie einfach gute Menschen geblieben wären. Wer weiß, vielleicht hätte ich den lieben Kleinen ja wirklich nichts getan. Ich weiß gar nicht, was ich mit den Kindern gemacht hätte, wenn ihre Mamas und Papas keinen Menschen getötet hätten. Ich bin mir auch gar nicht sicher, ob ich die Kinder hätte töten können, ob ich dazu in der Lage gewesen wäre – ich habe ja noch nie einen Menschen umgebracht.

Ich hoffe, dass ich hier im Bau keinem der Eltern begegne. Aber soweit ich gehört habe, sind die alle woanders untergebracht worden – schon aus rein pädagogischen Gründen. Haha. Ob sich Herr Albrecht, Herr Theißen und Frau Stürmer auch so schnell an das neue Leben hinter Gittern gewöhnt haben wie ich? Es ist alles eine Frage der Einstellung, jaja. Wenn man den ganzen bürgerlichen Scheiß ablehnt, so wie ich, ist man zäh wie eine Zecke, dann ist man enorm anpassungsfähig. Und ich muss immer wieder sagen: Das Spiel hat sich gelohnt.

Aber das Spiel ist noch nicht vorbei.

Im Gegenteil: Es geht jetzt erst richtig los. Es wäre doch verschenkt, wenn mein Nachweis über die Untauglichkeit unserer Moral nun einfach so im Sande verlaufen würde. Es wird weitergehen, ich kann natürlich auch von hier aus Studien betreiben.

Frankie zum Beispiel. Frankie habe ich zufällig beim Lunch kennengelernt. Er sitzt seit einem Jahr hier drin und ist felsenfest davon überzeugt, dass er unschuldig ist. Die Indizien sprachen gegen ihn, er soll seine Freundin, die ihn betrogen hat, erwürgt haben, aber Frankie schwört, dass er es nicht war.

Tja, Frankie, weißt du, was die Christen dazu sagen? Schon mal was von Erbsünde gehört? Niemand ist unschuldig, wir werden alle mit Schuld geboren. Das steht zumindest in der Bibel. Wenn du mich fragst: Das ist alles Blödsinn. Ich kenne einen Menschen, der das Gegenteil beweist: mich! Ich fühle mich nicht schuldig für das, was ich getan habe.

Aber ich glaube Frankie. Ich glaube ihm, dass er noch nie einen Menschen getötet hat. Er sagt von sich selbst, dass er keiner Fliege etwas zuleide tun könne. Das wiederum glaube ich ihm nicht.

Genauso wenig, wie ich Ufuk glaube. Ufuk ist ein Kleinganove, der regelmäßig Autos geklaut hat und irgendwann dabei erwischt wurde. Ufuk weiß sehr wohl, dass er es verdient hat, hier zu sein, weil er etwas getan hat, was gegen das Gesetz ist. Ufuk steht dafür gerade und ist stolz darauf, dass er wenigstens kein Mörder ist. Manchmal könnte man meinen, Ufuk halte sich hier für etwas Besseres. Weil er nur ein Dieb ist. Der perfekte Mitspieler.

Jedenfalls stecken Frankie und Ufuk nun in einem kleinen Dilemma: Ich habe beiden eine halbe Million versprochen, die ihnen mein Anwalt nach ihrer Haftzeit auszahlt – bei Ufuk ist es nur noch ein halbes Jahr –, wenn einer den anderen von beiden hier im Knast tötet. Ich gebe ihnen genügend Zeit, das zu planen. Und Möglichkeiten, den Mord zu vertuschen, bestehen auch genug. Und gerade Frankie ist ein Typ mit Bärenkräften. Er könnte Ufuk einfach mit seinen bloßen Händen erledigen. Ufuk ist eher klein und schmächtig. Er müsste sich schon etwas anderes einfallen lassen. Er könnte sich zum Beispiel in der Knastwerkstatt ein Messer schleifen lassen. Wie auch immer. Beide können das Geld gut gebrauchen. Ufuk hat ein kleines Kind zu Hause, das versorgt werden will. Und mit fünfzigtausend könnte man ohne Weiteres ein neues, anständiges Leben aufbauen. Anständig – haha!

Werden sie es tun?

Ich denke, die Frage ist nicht: ob!

Sondern wer!

Denn tief im Inneren ist jeder Mensch zum Bösen fähig.

So wie Onkel Darian.